Rote Krimi

Von EDGAR WALLACE sind außerdem im Wilhelm Goldmann Verlag lieferbar:

Die Abenteuerin. 164
A. S. der Unsichtbare. 126
Die Bande des Schreckens. 11
Der Banknotenfälscher. 67
Bei den drei Eichen. 100
Die blaue Hand. 6
Der Brigant. 111
Der Derbysieger. 242
Der Diamantenfluß. 16
Der Dieb in der Nacht. 1060
Der Doppelgänger. 95
Die drei Gerechten. 1170
Die drei von Cordova. 160
Der Engel des Schreckens. 136
Feuer im Schloß. 1063
Der Frosch mit der Maske. 1
Gangster in London. 178
Das Gasthaus an der Themse. 88
Die gebogene Kerze. 169
Geheimagent Nr. 6. 236
Geheimnis der gelben Narzissen. 37
Das Geheimnis der Stecknadel. 173
Das geheimnisvolle Haus. 113
Die gelbe Schlange. 33
Ein gerissener Kerl. 28
Das Gesetz der Vier. 230
Das Gesicht im Dunkel. 139
Der goldene Hades. 226
Die Gräfin von Ascot. 1071
Großfuß. 65
Der grüne Bogenschütze. 150
Der grüne Brand. 1020
Gucumatz. 248
Hands up! 13
Der Hexer. 30
Im Banne des Unheimlichen. 117
In den Tod geschickt. 252
Das indische Tuch. 189
John Flack. 51
Der Joker. 159
Das Juwel aus Paris. 2128
Kerry kauft London. 215
Der leuchtende Schlüssel. 91
Lotterie des Todes. 1098
Louba der Spieler. 163
Der Mann, der alles wußte. 86
Der Mann, d. seinen Namen änderte. 1194
Der Mann im Hintergrund. 1155
Der Mann von Marokko. 124
Die Melodie des Todes. 207
Die Millionengeschichte. 194
Mr. Reeder weiß Bescheid. 1114
Nach Norden, Strolch! 221
Neues vom Hexer. 103
Penelope von der »Polyantha«. 211
Der Preller. 116
Der Rächer. 60
Der Redner. 183
Richter Maxells Verbrechen. 41
Der rote Kreis. 35
Der Safe mit dem Rätselschloß. 47
Die Schuld des Anderen. 1055
Der schwarze Abt. 69
Der sechste Sinn des Mr. Reeder. 77
Die seltsame Gräfin. 49
Der sentimentale Mr. Simpson. 1214
Das silberne Dreieck. 154
Das Steckenpferd des alten Derrick. 97
Der Teufel von Tidal Basin. 80
Töchter der Nacht. 1106
Die toten Augen von London. 181
Die Tür mit den sieben Schlössern. 21
Turfschwindel. 155
Überfallkommando. 75
Der Unheimliche. 55
Der unheimliche Mönch. 203
Die unheimlichen Briefe. 1139
Das Verrätertor. 45
Der viereckige Smaragd. 195
Die vier Gerechten. 39
Zimmer 13. 44
Der Zinker. 200

EDGAR WALLACE

Die Millionengeschichte

THE MILLION DOLLAR STORY

Kriminalroman

Wilhelm Goldmann Verlag

Aus dem Englischen übertragen von Hans Herdegen.

Made in Germany · 1/78 · 10. Auflage · 186.–195. Tsd.
Genehmigte Taschenbuchausgabe. Umschlagentwurf: Creativ Shop, A. + A. Bachmann, München. Umschlagfoto: Jean Baly/Bavaria, Gauting. Satz und Druck: Presse-Druck Augsburg. Krimi 0194 · Hofschuster/Ernst
ISBN 3-442-00194-3

1

John Sands hatte unbegrenztes Vertrauen zu den Sternen, und als gewissenhafter, methodischer Mann wählte er schon frühzeitig Bellatrix zu seinem Schutzstern, den die Gelehrten auch als »Gamma Orionis« bezeichnen.

Aber weder das Sternbild des Orion noch Bellatrix waren am Himmel zu sehen, als John in seinem eleganten Wagen die scharfe, gefährliche Kurve bei Whitecross Hill nahm. Seit drei Tagen regnete es, graue Wolken hingen über ihm, und die Straße war glatt und glitschig. Selbst der beste Gleitschutz hätte ihm nicht geholfen, wenn er auch um nur einige Zentimeter vom Fahrdamm abgewichen wäre.

Aber John Sands vertraute nicht nur seinem Stern, sondern auch seinem eigenen Können – und er war ein äußerst geschickter Fahrer. Mit der einen Hand hielt er das Steuer, mit der anderen die Handbremse. Er war gewarnt worden; man hatte ihm gesagt, daß dieser kurze Weg den Hügel hinunter bei Regen für einen Wagen unpassierbar wäre. Aber lächelnd hatte er den guten Rat der anderen zurückgewiesen, denn sein Glaube an Bellatrix war unerschütterlich.

Er baute gern Luftschlösser und liebte es, von zukünftigen Erfolgen zu träumen. Sogar während dieser gefahrvollen Fahrt hing er seinen sonderbaren Gedanken nach.

Vielleicht würde er sie tatsächlich treffen? Es war allerdings eine phantastische Idee, aber in seinen Träumen ereigneten sich manchmal die unglaublichsten Dinge. Und hatte er nicht, nur um der Frau zu begegnen, diesen kurzen, aber äußerst gefährlichen Weg gewählt? Vielleicht würde sich seine Hoffnung erfüllen, und er würde sie sehen. Dann wollte er auf sie zugehen, sie bei der Hand nehmen und sagen: Ich kenne Sie. Sie müssen mit mir kommen, ich will Sie nach London zurückbringen.

Er wußte nicht, wie sie aussah, und doch träumte er von ihr. Wahrscheinlich würde sie blaß und furchtsam sein und zurückschrecken, wenn er auf sie zukam. Mit weitgeöffneten Augen würde sie ihn anstarren, und Furcht und Hoffnung würden in ihren Gesichtszügen um die Oberhand kämpfen. Aber wer sagte ihm denn, daß seine Träume sich verwirklichen würden? Vielleicht war sie auch klein und korpulent und unglaublich häßlich und gemein. Aber solche Personen hatten natürlich mit Johns Träumen nichts zu tun. Sie hatten kein Recht, seine Phantasie zu beschäftigen. Die Frauen seiner Träume waren alle schön und zeichneten sich durch Haltung und Charakter aus.

Am Fuß des Hügels wurde er etwas unsanft aus seinen Träumen gerissen, denn das Benzin war ausgegangen, und der Wagen stand still. John stieg aus. Bis jetzt hatte er mollig gesessen, aber nun schlugen ihm die Regentropfen ins Gesicht. Er suchte nach einer Kanne Benzin, um den Tank aufzufüllen, setzte sich dann wieder ans Steuer und fuhr nach der Great North Road.

Trotz dieser unangenehmen Unterbrechung sang er vergnügt, während er die nächste Anhöhe nahm. Und wieder träumte er von vielen herrlichen Dingen in der Zukunft. Er war davon überzeugt, daß er die Frau finden würde. Vielleicht lag sie erschöpft am Wege. Dann würde er aus dem Wagen springen, sie in die Arme nehmen und in Sicherheit bringen, in eine warme Wohnung, wo sie nicht zu frieren brauchte und nicht den Unbilden des Wetters ausgesetzt war. Allmählich würde sie wieder zu sich kommen, verwirrt um sich sehen und . . .

Plötzlich hielt er seinen Wagen an. Sein Herz schlug auf einmal schneller.

Unter einem Baum stand sie, dicht an den Stamm gelehnt, um Schutz vor dem strömenden Regen zu suchen. Vielleicht hätten andere Leute sie nicht gesehen, aber Johns Augen waren scharf, und er entdeckte sie trotz ihres dunklen Kleides, das sich kaum von der Umgebung abhob.

Noch bevor er sie ansprach, sagte ihm sein Gefühl, daß sie es sein müsse. Es lag eine gewisse Schönheit über ihrem bleichen Gesicht, so daß seine Träume tatsächlich in Erfüllung gingen. Sie trug weder Schirm noch Mantel, und ihr schwarzes Kleid war vollkommen durchnäßt. Der Filzhut hatte die Form verloren, und ihre schwarzen Glacéhandschuhe zeigten helle Flecken, als ob sie mit dem Lehmboden in Berührung gekommen wären.

Sie richtete sich auf und warf den Kopf zurück. Offenbar nahm sie alle ihre Energie zusammen. Ihr Blick war haßerfüllt, ihre Lippen zitterten, aber sie brachte zunächst kein Wort heraus.

John Sands hatte den Hut abgenommen. Er war in einer so glücklichen Stimmung über diese unverhoffte Begegnung, daß er all die schönen Worte vergaß, die er sich vorher überlegt hatte.

»Ich glaube, ich kenne Sie. Ich habe dort unten von Ihnen gehört«, begann er und wies mit dem Kopf nach dem Hügel.

Sie sah hilflos und verzweifelt aus und schien krampfhaft zu überlegen, ob es nicht einen Ausweg für sie gäbe.

»Rühren Sie mich nicht an«, sagte sie atemlos und streckte die Hände aus. »Nein, ich will nicht ...! Ich gehe unter keinen Umständen zurück – lieber will ich sterben!«

Er legte die Hand auf ihren Arm und klopfte ihr freundlich auf die Schultern.

»Die Leute unten im Gasthaus haben über Sie gesprochen, und ich habe ihre Unterhaltung gehört«, suchte er sie zu beruhigen. »Ich weiß nichts weiter von Ihnen – und ich will auch nichts weiter wissen«, fügte er schnell und unnatürlich laut hinzu. »Sie brauchen mir nichts zu sagen, ich will Sie durchaus nicht mit Fragen quälen.«

Bestürzt sah sie ihn an.

»Was wollen Sie denn?«

»Steigen Sie in den Wagen ein. In fünf Minuten sind wir auf der North Road, und dann bringe ich Sie nach London. Ich habe ein gemütliches Haus in der Charles Street.«

Sie zögerte. »Ja, wissen Sie denn ...?«

»Natürlich, ich weiß«, erwiderte er bestimmt. »Wenigstens weiß ich alles, was ich wissen will, und mehr brauche ich nicht zu erfahren. Merken Sie sich das bitte – ich – will – weiter – nichts – wissen!«

Als sie an ihm vorbeiging, sah er, daß ihre leichten Schuhe schmutzig waren von dem weichen Lehm und daß ihr Kleid tropfte.

»Nehmen Sie auf dem hinteren Sitz Platz«, befahl er. »Ich freue mich, daß Sie schön sind«, fügte er dann hinzu.

Unwillkürlich mußte sie lachen. Sie machte auch ein freundlicheres Gesicht und gefiel John Sands nun schon bedeutend besser.

Er hielt nur noch so lange, bis er eine weitere Kanne Benzin in den Tank gefüllt hatte, dann ließ er den Wagen an.

Ohne weiteren Zwischenfall erreichte er die North Road, und nun brauchte er nicht länger ungewissen Träumen nachzuhängen, denn sie waren inzwischen Wirklichkeit geworden. Er fuhr langsamer, als er an einem Geschäft für Damenkleider vorüberkam, und sah sich unentschlossen nach seiner Begleiterin um. Dann murmelte er eine Entschuldigung und setzte die Fahrt fort.

Bei ihrer Ankunft in London war die Dunkelheit bereits hereingebrochen, und er brachte den Wagen vor der Tür seines kleinen Hauses in der Charles Street zum Stehen.

»Steigen Sie noch nicht aus«, sagte John Sands.

Er öffnete die Tür und ging um das Auto herum, dann machte er den Schlag für sie auf und half ihr beim Aussteigen. Vielleicht war diese Vorsichtsmaßnahme überflüssig, aber John Sands überließ gar nichts dem Zufall. Man konnte nie wissen ...

Gleich darauf stand sie in der hell erleuchteten Diele. Er schloß die Tür und machte dann eine andere vor ihr auf. Dann trat sie in einen großen Raum, von dem aus eine schöngeschnitzte Treppe zum oberen Stockwerk führte. Schon in dem Dämmerlicht konnte sie sehen, daß der Raum mit einem gewissen Luxus ausgestattet war. Aber nachdem Sands die schweren Samtvorhänge heruntergelassen und das elektrische Licht eingeschaltet hatte, staunte sie doch über das geschmackvoll eingerichtete, gemütlich wirkende Wohnzimmer.

Er betrachtete sie kritisch und konnte nicht umhin, ihre schönen Züge und ihre fast königliche Haltung zu bewundern.

»Ich glaube kaum, daß es in London viele Damen gibt, die unter solchen Umständen so gut wie Sie aussehen und ihre Fassung bewahren können«, meinte er. »Was machen wir nun aber mit Ihren Kleidern? Auf der Herfahrt hatte ich schon die Absicht, vor einem Geschäft in einer der Vorstädte zu halten, aber ich bin dann doch weitergefahren. Es hat schließlich keinen Zweck, sich unnötig einer Gefahr auszusetzen. Aber wir werden die Schwierigkeit schon überwinden und die Kleiderfrage lösen.«

Er gab ihr ein Zeichen, ihm zu folgen, und sie stiegen beide die mit weichen Teppichen belegte Treppe hinauf. Die Frau mußte stundenlang dem Regen ausgesetzt gewesen sein, denn das Wasser tropfte von ihren Kleidern.

»Ich werde Ihnen einen Schlafanzug und einen Bademantel von mir geben. Damit müssen Sie sich vorläufig schon begnügen. Morgen besorge ich dann alles, was Sie brauchen.«

Ein neugieriger Blick traf ihn.

»Warum tun Sie das alles?« fragte sie. Es waren die ersten Worte, die sie seit langer Zeit äußerte.

Plötzlich überkam ihn Furcht. Vielleicht hatte er sich doch geirrt, und sie war gar nicht die Frau, die er suchte? Er hatte doch nur angenommen, daß sie es sein mußte, ein Irrtum war nicht ausgeschlossen.

»Zeigen Sie mir bitte Ihre Hand.«

Langsam streifte sie die schmutzigen Handschuhe ab, und er betrachtete ihre Hände genau. Sie waren rauh und rot wie die einer Arbeiterin. Dann wanderte sein Blick von ihren harten, schwieligen Fingern zu ihrem schönen, feingeschnittenen Gesicht.

»Eben habe ich beinahe einen Schrecken bekommen«, sagte er, »aber es ist alles in Ordnung. Was fragten Sie doch?«

»Ich wollte wissen, was all diese Güte und Freundlichkeit zu bedeuten hat.«

Er zuckte die Schultern.

»Mein liebes Kind, ich habe Ihnen einen sehr großen Dienst erwiesen, ich habe Ihnen gleichsam ein großes Geschenk gemacht, und Sie kennen ja das Sprichwort: ›Einem geschenkten Gaul sieht man nicht ins Maul!‹ Ich weiß nicht viel von Ihnen, aber ich vermute, daß Sie vom Schicksal hart mitgenommen und in diesem Augenblick wahrscheinlich gern bereit sind, alles Mögliche zu tun, um ein ruhiges, sorgenfreies Leben zu führen. Verstehen Sie mich aber bitte nicht falsch. Ich verlange nichts von Ihnen, was Ihre Selbstachtung als Frau beleidigen könnte.« Die letzten Worte hatte er hastig hinzugefügt.

Sie lachte sonderbar.

»Es gibt wenig, was ich nicht tun würde, um wieder ruhig und friedlich leben zu können«, erwiderte sie leise. »Wo kann ich Sie treffen, wenn ich mich umgezogen habe?«

»Ich bin unten im Wohnzimmer. Ich wohne allein hier im Haus. Inzwischen werde ich mit der Garage telefonieren, daß mein Wagen abgeholt wird. Nachher können wir miteinander reden.«

»Kennen Sie meinen Namen?«

»Nein, den weiß ich nicht. Und ich will ihn auch nicht wissen. Sagen Sie mir nur den Vornamen.«

»Margaret.«

»Für mich sind Sie also Margaret Smith«, sagte er bestimmt. »Und Margaret Smith ist doch ein Name, den man leicht behalten kann.«

2

Während er die Treppe hinunterging, kam ihm zum Bewußtsein, daß er sich dieses Abenteuer eigentlich ganz anders vorgestellt hatte.

Er hatte nicht ganz die Rolle gespielt, die er hatte spielen wollen: freundlich, mild, überlegen und vor allem Herr der Situation. Bis zu einem gewissen Grad war ihm das allerdings gelungen, aber die Begegnung hatte sich doch reichlich prosaisch abgewickelt und hatte nichts von dem geheimnisvollen, märchenhaften Charakter, von dem er geträumt hatte. Für Margaret mußte er natürlich ein großes Rätsel sein.

John übergab dem Mann von der Garage das Auto. Wieder im Zimmer, zog er einen Vorhang vor, der den großen Raum teilte. Am hinteren Ende war ein Tisch gedeckt; er brauchte nur noch die elektrische Kaffeemaschine einzuschalten.

Nach kurzer Zeit kam Margaret die Treppe herunter. Er hatte erwartet, daß ihr der Schlafanzug und der Bademantel zu groß wären und sie nicht kleiden würden, aber sie sah sogar elegant darin aus. Den großen Schalkragen des Bademantels hatte sie mit einer Sicherheitsnadel im Nacken zusammengesteckt, so daß er ihren schönen Kopf umrahmte. Und irgendwo hatte sie ein seidenes Tuch gefunden, das sie als Gürtel benutzte. Das weite Kleidungsstück wirkte daher gar nicht unförmig, sondern hob im Gegenteil ihre schöne Gestalt noch besonders hervor.

Sie setzte sich vor den elektrischen Heizofen und hielt die Hände dagegen.

»Die sehen nicht gerade sehr schön aus«, sagte sie und lachte ihn freundlich an. »Aber Sie werden wohl begreifen, daß ich bei dem Leben nicht meine Hände pflegen konnte. Kann ich Ihnen helfen, Kaffee zu kochen? Das habe ich schon seit Jahren nicht mehr getan.«

»Nein, danke, das verstehe ich auch ganz gut«, erwiderte John und lächelte ihr zu. »Wärmen Sie sich nur. Übrigens ist der Raum oben, der dem Badezimmer gegenüberliegt, für Sie bestimmt. Ich habe absichtlich die Tür aufgelassen, und ich freue mich, daß Sie es sich bequem gemacht haben.« Er warf einen Blick auf das bunte Seidentuch, das sie so malerisch umgeschlungen hatte.

Plötzlich hob sie den Kopf und lauschte. Der Sturm hatte bedeutend an Heftigkeit zugenommen und trieb die Regenschauer gegen die Fensterscheiben. Sie zitterte ein wenig und zog ihren Stuhl näher an den Heizofen.

»Ein entsetzliches Wetter! Es wäre furchtbar gewesen, wenn ich die Nacht auf dem Hügel im Freien hätte zubringen müssen.«

Sie summte ein kleines Lied und beobachtete ihn dabei.

Er war so merkwürdig weiblich in all seinen Bewegungen und

lächelte gern wie eine Frau, der es gutgeht und die sich glücklich fühlt. Seine Hände waren schmal und zart; sie konnte es deutlich sehen, als er an der Kaffeemaschine hantierte. Traurig betrachtete sie ihre eigenen und verzog das Gesicht.

»Ich liebe Komfort und eine schöne Umgebung«, sagte er. »Und ich habe auch große Vorliebe für altes, feines Porzellan, für kunstvoll geschmiedetes Silber, für gute Musik und zarte Lyrik. Spielen Sie eigentlich Klavier?«

»Ja, ein wenig.«

»Dann müssen Sie mir nach dem Essen etwas von Grieg vorspielen.«

Wieder lachte sie.

Es erschien ihr merkwürdig, daß sie sich so schnell in dieser Umgebung zu Hause fühlte. Der Mann kam ihr auch nicht mehr so unheimlich vor; außerdem konnte sie es sich ja auch nicht gestatten, andere Menschen argwöhnisch zu betrachten. Sie mußte mit allem zufrieden sein, was man ihr gab.

»Gute Musik verlangt aber auch einen guten Vortrag. Und ich bin schon lange aus der Übung.«

Während sie sich behaglich wärmte, warf sie doch ab und zu von der Seite einen Blick auf ihn und beobachtete ihn neugierig. Keine seiner Bewegungen entging ihr. Sie sah, daß er etwas aus der Tasche nahm – eine kleine Glasröhre, deren Korken er herauszog. Eine kleine, weiße Tablette fiel in eine der Tassen. Sie war noch nervös von den Erlebnissen des Tages, erschrak nun und sprang auf. Es kamen ihr plötzlich furchtbare Erinnerungen.

»Was haben Sie da eben gemacht?« fragte sie mit ängstlicher Stimme.

Er sah sie erstaunt an.

»Was soll ich denn gemacht haben?«

»Was haben Sie hier hineingetan?«

Sie nahm die Tasse und ließ die Tablette in ihre Hand gleiten.

»Was ist das?«

»Aber beruhigen Sie sich doch. Das ist eine Saccharintablette – ich nehme keinen Zucker.«

»War das denn Ihre Tasse?« fragte sie und errötete. »Ach, es tut mir unendlich leid. Ich bin noch so aufgeregt. Sie können das wohl verstehen.«

»Schon gut«, sagte er beruhigend und klopfte ihr freundlich auf die Hand. »Um Gottes willen, ich wollte Ihnen doch nichts tun! Denken Sie mal, wenn ich das beabsichtigte, hätte ich doch vorher schon viel bessere Gelegenheit dazu gehabt.«

»Es tut mir leid«, wiederholte sie noch einmal leise. »Es war sehr undankbar von mir. Sie müssen sich ein recht schlechtes Urteil über mich bilden.«

»Aber nein, durchaus nicht. Ich kenne ja die besondere Lage, in der Sie sich befinden.«

Trotz all ihrer Entschuldigungen beobachtete sie aber die Tasse genau, bis er sie mit Kaffee und Milch füllte, und sorgsam warf sie einen Blick in ihre eigene, ehe sie sich eingießen ließ. Das Essen schmeckte ihr sonst vorzüglich. Schließlich öffnete er auch noch eine Flasche Wein, achtete aber sorgsam darauf, daß er nicht mehr einschenkte, als sie wünschte. Zum Abschluß des Essens bot er ihr noch verschiedene Liköre an, schob ihr nachher ihren Sessel wieder nahe an den Heizofen und nahm ihr gegenüber Platz.

»Margaret Smith – oder soll ich Sie lieber Margaret nennen? –, ich möchte ganz offen mit Ihnen reden, denn ich bin sicher, daß Sie mir deshalb nicht böse sind. Selbstverständlich ist alles, was ich Ihnen erzähle, vertraulich. Ich weiß auch, daß Sie niemals darüber sprechen werden. Zwei Ereignisse aus Ihrer Vergangenheit sind mir bekannt, sonst nichts. Und ich möchte auch nicht mehr wissen. Erstens habe ich erfahren, daß Sie bis heute morgen im Frauengefängnis von Aylesbury waren, wo Sie eine lebenslängliche Zuchthausstrafe absitzen sollten. In England bedeutet eine solche Verurteilung eine Strafe von zwanzig Jahren, sie kann aber durch gutes Verhalten um einige Jahre gekürzt werden. Welches Verbrechen Sie begangen haben, daß man Sie so schwer bestrafte, habe ich nicht erfahren und mich auch nicht darum gekümmert. Von Ihrer Strafe haben Sie bis jetzt drei Jahre abgesessen, Sie hätten also noch weitere siebzehn Jahre im Zuchthaus bleiben müssen.«

»Nein, zwölf«, verbesserte sie. »Es wären noch zwölf gewesen, wenn ich nicht aus der Anstalt entkommen wäre. Sollten sie mich jetzt allerdings wieder fassen, so muß ich siebzehn Jahre absitzen, dann wird mir nichts geschenkt werden.«

»Nun ja, es bleibt bei den beiden Tatsachen: Sie sind aus der Anstalt geflohen und müßten noch siebzehn Jahre absitzen, wenn Sie wieder gefangen würden. Wenn ich also nicht mit meinem Wagen in die Gegend gekommen wäre und Sie am Fuß von Whitecross Hill getroffen und nach London mitgenommen hätte, dann hätte man Sie wahrscheinlich wieder gefaßt, und Sie säßen in diesem Augenblick wieder in einer Zelle in Aylesbury und warteten auf eine weitere Verurteilung.“

Sie nickte.

»Ich hörte von Ihrer Flucht, als ich in Aylesbury zu Mittag aß. Ich hatte eine kleine Reparatur an meinem Wagen, und der Monteur erzählte mir, daß heute morgen eine Strafgefangene ausgebrochen sei. Ich erfuhr auch, daß Sie zu lebenslänglichem Zuchthaus verurteilt worden waren. Wie Sie heißen, welche Tat Sie begangen hatten, wußte der Mann nicht. Wie sollte er das auch erfahren haben? Die Leitung der Anstalt hatte wahrscheinlich keine anderen Nachrichten in die Öffentlichkeit kommen lassen.«

»Ich bin für ein Verbrechen verurteilt worden, an dem ich unschuldig bin«, erwiderte sie leise.

»Es tut mir leid, daß Sie das sagen. Ich hoffte sogar im stillen, daß Sie schuldig wären.«

Sie sah ihn überrascht an, und zu seinem Erstaunen huschte ein leichtes Lächeln um ihre Mundwinkel.

»Und sicher sind Sie auch schuldig«, fuhr John Sands fort. »Alle Leute, die verurteilt werden, sind schuldig. Der Unschuldige kommt eigentlich nur in Kriminalromanen vor. Ich will ganz offen Ihnen gegenüber sein: Ich brauche die Hilfe eines Menschen mit verbrecherischer Veranlagung. Solche Leute sind klug und wissen sich in allen Lagen zu helfen. Verstehen Sie mich recht, ich will nicht, daß Sie noch ein weiteres Verbrechen begehen. Nur sollen Sie den englischen Behörden gegenüber einen anderen Namen gebrauchen als den Ihrigen und weiter unter diesem Namen leben. Ich kann mir zum Beispiel nicht vorstellen, daß Sie unter Ihrem eigenen Namen heiraten würden.«

»Heiraten?« sagte sie und schaute ihn groß an.

»Ja, heiraten«, wiederholte er. »Ich gebe zu, daß die Aussicht nicht gerade sehr anziehend sein mag, aber für Sie bedeutet es ein ruhiges, sorgenfreies Leben, sogar einen gewissen Luxus, interessante Reisen und vieles andere.«

»Wollen Sie mich etwa heiraten?« fragte sie direkt.

John sah ihr voll ins Gesicht und zuckte nicht mit der Wimper.

»Es ist mein Wunsch, daß Sie Harry Leman heiraten.«

»Harry Leman?« entgegnete sie fragend. »Harry Leman? Meinen Sie den bekannten amerikanischen Petroleumkönig?«

Er nickte.

»Ja. Harry Leman ist vielfacher amerikanischer Millionär und hat sein Vermögen in Petroleumaktien angelegt. Das wäre das erste, was ich Ihnen mitzuteilen hätte. Zweitens müssen Sie wissen, daß Harry Leman ein Freund von mir ist – tatsächlich bin ich der einzige Freund, den er in Europa oder in den Vereinigten Staaten hat. Ich mache nun den Vorschlag, daß Sie Harry Leman nächsten Montag in einer Woche auf dem Standesamt in Griddelsea heiraten. Die besondere Genehmigung dazu werde ich beschaffen – vielleicht wird es auch schon Donnerstag sein, aber ich glaube, Montag paßt doch besser.«

Sie legte den Kopf zurück und lachte auf.

»Das ist aber merkwürdig, daß Sie alle die Vorkehrungen schon getroffen haben, ohne vorher im mindesten meine Einwilligung einzuholen.«

»Das stimmt, aber Sie müssen doch selbst zugeben, daß ich keine Gelegenheit hatte, Sie vor heute abend kennenzulernen.«

»Haben Sie denn bei diesem Plan schon immer an mich gedacht?«

»Wenn ich offen sein soll, habe ich das nicht getan. Nein, bis heute morgen lebte die Frau, die mein Freund Harry heiraten soll, nur in meiner Phantasie. Aber nun haben wir uns doch getroffen, und das schreibe ich wieder einmal dem Einfluß meines guten Sterns zu, unter dem ich geboren bin und unter dem ich lebe. Sicherlich kennen Sie Bellatrix, das ist der Stern Gamma im Bild des Orion ... Nein? Dann haben Sie sich bisher noch nicht mit Astronomie und Astrologie beschäftigt. Ich gebe zu, daß ich früher bei meinen Plänen nicht an Sie gedacht habe. Aber heute ist ein Wunder geschehen, auf geradezu märchenhafte Weise sind Sie in mein Leben getreten.«

»Aber nehmen wir einmal an, daß ich mit all Ihren Vorbereitungen nicht einverstanden bin. Wenn ich nun nicht mitmache?«

»Dann müßte ich Sie allerdings bitten, wieder Ihre nassen, schwarzen Kleider anzuziehen. Ich würde Sie ins Auto setzen und Sie wieder an die Stelle zurückbringen, wo ich Sie heute abend gefunden habe. Das klingt sehr unfreundlich, und ich gebe Ihnen die Versicherung, daß ich es gar nicht so böse mit Ihnen meine. Im Gegenteil, ich bin stets für ein friedliches und beschauliches Leben und nicht für große Aufregungen. Ich erkläre Ihnen feierlich, daß ich dieses ganze Abenteuer nicht unternommen hätte, wenn ich nicht so große Sorge um meinen Freund Harry Leman hätte. Er ist ein etwas sonderbarer, älterer Herr.« Sanda schüttelte bedächtig den Kopf. »Und ich muß sagen, daß ich ihn wirklich gern habe.«

»Nun, wir brauchen ja nicht darüber zu sprechen, was passieren würde«, erwiderte sie ruhig, »denn ich bin nicht so töricht, Ihr Anerbieten ohne weiteres zurückzuweisen. Aber ich muß Ihnen doch sagen, daß ich nicht so scharf darauf aus bin, noch einmal zu heiraten.«

»Dann waren Sie also schon einmal verheiratet?« fragte John Sands, der plötzlich aus seiner beschaulichen, ruhigen Stimmung in die rauhe Wirklichkeit geschleudert wurde. »Sind Sie wieder frei, so daß Sie heiraten können?«

Sie nickte.

»Es wäre allerdings verteufelt unangenehm gewesen, wenn Sie schon einen Mann gehabt hätten – wirklich höchst unangenehm!«

»Was erwarten Sie denn von mir? Was soll ich tun?« fragte sie sachlich.

»Jetzt sollen Sie sich ins Bett legen und ordentlich ausschlafen. Morgen in aller Frühe kommt eine Frau hierher und bringt das Haus in Ordnung. Ich werde ihr erklären, daß Sie meine Schwester seien, die plötzlich unerwartet zu Besuch kam. Und da Sie Ihren Koffer verloren haben, schicke ich sie in die Stadt, damit sie alles kauft, was Sie brauchen. Seien Sie aber vorsichtig. Sie braucht ja nicht nach oben in Ihr Zimmer zu kommen und Sie sehen, sonst könnte die Sache vielleicht etwas unangenehm werden«, meinte er lächelnd und betrachtete sie wieder. »Sie können ja wohl die Kleider, die Sie vorher trugen, in Ihrem Zimmer trocknen – hoffentlich sind keine Stempel vom Gefängnis darin.«

Sie schüttelte den Kopf.

»Nein, es sind gar nicht meine Kleider. Sie gehören der Gefängnisärztin. Ich habe sie mir heute früh angeeignet und den Sträflingsanzug dortgelassen. Ich habe es nämlich so einrichten können, daß ich durch ihr Haus floh.«

»Das ist allerdings sehr gut, ganz vorzüglich.«

Sie erhob sich.

»Ich fühle aber deutlich, daß Sie mir noch nicht alles gesagt haben. Sie halten mit etwas zurück.«

»Es gibt verschiedenes, was ich Ihnen bis jetzt noch nicht gesagt habe. Aber das hat noch Zeit und kann bis später warten. In Ihrer jetzigen Verfassung sind Sie nicht fähig, alles zu verstehen. Sie müssen erst ruhiger werden. Wenn erst einige Tage vergangen sind, haben Sie den nötigen Überblick und die nötige Sicherheit, dann können wir über das Weitere reden.«

Sie ging die Treppe hinauf, aber als sie etwa auf der Hälfte war, rief er ihr nach: »Ich schlafe heute nacht nicht hier im Haus, aber morgen früh komme ich zeitig wieder her. Unten in der Diele ist ein Telefon; wenn Sie etwas brauchen sollten oder mich anrufen wollen, können Sie mich unter Paddington 1764 erreichen. Hoffentlich fällt es Ihnen nicht ein, während meiner Abwesenheit das Weite zu suchen. Geben Sie mir Ihr Wort darauf.«

Sie lachte.

»Keine Angst. Ich verlasse dieses Haus nicht, wenn ich nicht jemand bei mir habe, der mich in Schutz nehmen kann.«

»Sie sind klug und vorsichtig. Und soweit ich sehe, sind Sie auch unter einem guten Stern geboren. Ich rate Ihnen nur, achten Sie sehr darauf.«

»Auf die Sterne?« rief sie vom obersten Treppenabsatz herunter, und ihre Stimme klang etwas verächtlich.

»Sie mögen jetzt im Augenblick darüber lachen«, entgegnete er überzeugt. »Aber für mich haben sich Astronomie und Astrologie sehr wohl bezahlt gemacht.«

Sie ging ins Schlafzimmer hinauf und setzte sich oben auf die Bettkante. Ihre Gedanken wirbelten durcheinander, während sie hörte, daß er unten umherging. Einmal sang er sogar leise eine einschmeichelnde Melodie. Seine Stimme hatte einen sonderbaren Klang, der ihr zu Herzen ging. Nach einer Weile knipste er das Licht aus, dann schloß er die Haustür von außen. Sie lehnte sich lächelnd in die Kissen zurück. Seit langer Zeit fühlte sie einmal wieder zartes Leinen und weiche Daunenkissen. Sie wußte gar nicht, wie müde sie war. Das kam ihr erst zum Bewußtsein, als sie wieder aufwachte. Sie glaubte, sie hätte nur die Augen geschlossen und wieder aufgemacht, aber merkwürdigerweise war es heller, lichter Morgen.

3

Inzwischen wanderte Sands durch den rieselnden Regen nach dem Berkeley Square. Von diesem vornehmen Platz, an dem nur reiche Leute wohnen, biegt die Davis Street ab, eine Durchgangsstraße, in der viele kleinere, aber vornehme Geschäfte liegen.

Über einem dieser Läden wohnte Harry Leman. Seine Nichte führte ihm die Wirtschaft, denn obwohl er mehr als acht Millionen Dollar besaß, lebte er einfach, ja beinahe asketisch. Es grenzte fast an Geiz, daß er schon fünf Jahre in einer möblierten Wohnung zugebracht hatte.

Als John Sands eintrat, lag Leman auf einem Sofa, das nahe am Fenster stand. John Sands war ein so vertrauter Freund, daß er Haus- und Wohnungsschlüssel besaß und zu jeder Zeit freien Zutritt hatte. Das Zimmer war nur durch eine Leselampe mit einem schönen, grünen Seidenschirm erleuchtet. Sie stand auf einem kleinen Tisch in der Nähe des Sofas. Im Kamin brannte ein behagliches Feuer. Leman wandte sich um – er hatte eben aus dem Fenster gesehen – und erhob sich langsam. Er war groß, aber etwas zu hager. Sein schwarzer Anzug war ihm mit der Zeit etwas zu weit geworden, und auch der glatte weiße Kragen ließ darauf schließen, daß der Mann in den letzten Jahren abgenommen haben mußte. Das schmale Gesicht hatte eine bräunliche Färbung. Als einziges Schmuckstück trug er eine große, elegante Goldkette, die von einer Westentasche zur anderen reichte.

Seine Wäsche war sehr einfach, aber tadellos sauber, und seine Schuhe sahen gut gepflegt aus. Harry Leman putzte sie jeden Morgen selbst. An Größe war er John Sands bei weitem überlegen; selbst jetzt in der gebückten Haltung überragte er ihn. Er nickte nach dem kleinen Büfett an der Wand hinüber. Dort standen auf einem Tablett zwei gefüllte Kristallgläser mit goldbraunem, altem Kognak. Sands reichte seinem Gastgeber ein Glas, das andere trank er selbst mit einem Zug aus. Diese kleine seltsame Zeremonie wiederholte sich jedesmal, wenn sich die beiden trafen.

»Sie sind heute zehn Minuten zu spät gekommen«, sagte Leman und wischte sich mit dem Taschentuch über den Mund. »Holen Sie die Karten.«

»Ja. Und ich werde auch Licht machen«, erwiderte Sands und drehte am Schalter.

Er ging zu einem kleinen Schrank, nahm zwei Pack Karten und einen Anschreibeblock heraus und legte beides auf den Tisch.

»Warum schauen Sie denn aus dem Fenster? Was interessiert Sie so sehr?« fragte John neugierig, denn die Nacht war dunkel, und man konnte draußen kaum etwas erkennen.

»Ich beobachte den Zeitungsreporter, der drüben sein Zimmer hat. Ich kann ihn von hier aus sehen. Er ist wieder eifrig an der Arbeit.«

»Was ist denn das für ein Berichterstatter?« fragte John überrascht.

Leman räusperte sich.

»Er hat seine Wohnung gerade mir gegenüber und ist einer der Leute von Holland Brown, dem Besitzer der ›New York Mail‹.«

»Woher kennen Sie ihn denn?« fragte John gespannt.

»Er kam heute in meine Wohnung und wollte mich interviewen«, entgegnete der Millionär gleichgültig. »Neugierig sind die Leute ja immer. Er wollte wissen, wann ich nach New York zurückreise, und vor allem, ob es stimmt, daß ich verheiratet sei.«

Leman lachte laut.

»Ich glaube, das interessiert die Amerikaner gewaltig«, sagte John, während er die Karten mischte.

»Ja, die wissen auch nicht, was sie machen sollen«, brummte Leman. »Ich habe allerdings immer im Mittelpunkt des Interesses gestanden. Sehen Sie, Sands, Holland Brown kann es sich unter diesen Umständen leisten, einen Mann nach England zu schicken, der weiter nichts zu tun hat, als mich zu beobachten und über mich zu berichten. Lesen Sie eigentlich amerikanische Blätter? Die sind höchst interessant! Alle Leute schreiben von mir. Die Leser fressen jeden Artikel, den sie über mich finden.«

»Hat denn der junge Mann drüben nichts anderes zu tun, als nur über Sie zu berichten?« fragte John Sands.

Der Alte grinste.

»Ich weiß ebensoviel von ihm wie er von mir. Mit dem nächsten Dampfer fährt er nach New York zurück. Er hat einen ganzen Koffer voll neuer Geschichten über den sonderbaren alten Kauz Harry Leman. Einige habe ich ihm selbst erzählt, einige hat ihm Faith berichtet. Wenigstens nehme ich das an.«

»Wie kommt denn Faith dazu?« fragte Sands und zog die Augenbrauen hoch. »Sie gestatten doch Ihrer Nichte nicht etwa, daß sie mit einem solchen Mann verkehrt?«

»Aber warum denn nicht? Sie steht doch gesellschaftlich nicht höher als er. Ich möchte sogar sagen, der Zeitungsmann ist wertvoller als sie. Er verdient sich wenigstens fünfzig Dollar die Woche durch seine Schreiberei, und sie hat gar nichts – und sie wird auch nichts bekommen.«

»Ziehen Sie eine Karte, damit wir wissen, wer Vorhand hat.«

Sie spielten Piquet. Harry Leman spielte es schon seit langer Zeit, und dies war eigentlich seine einzige Erholung und Leidenschaft. Ebenso war dieses Spiel auch das Bindeglied zwischen diesen so ungleichen Charakteren, ja, darauf gründete sich überhaupt die merkwürdige Freundschaft zwischen ihnen. John Sands war geradezu ein Meister in diesem Spiel, aber Harry Leman stand ihm kaum nach.

»Um was spielen wir heute?« fragte er.

»Um hunderttausend Dollar den Punkt«, erklärte Leman prompt.

»Das heißt also: einen Cent den Punkt, und einen Dollar für den Rubber, wie gewöhnlich«, erwiderte John ernst und verteilte die Karten. »Wo ist eigentlich Faith?« fragte er dann.

»Auf ihrem Zimmer. Sie sucht ihre Stimmung zu verbessern.«

»Sie hat aber auch kein leichtes Leben, Sie machen es ihr zur Hölle.«

Der Millionär grinste.

»Ja, sie hofft immer noch, John Sands! Sie hofft, daß ich eines guten Tages sterben und ihr eine Million vermachen werde. Die bilden sich nämlich ein, ich wäre herzkrank und würde bald das Zeitliche segnen. Aber ich denke gar nicht daran!«

Es klopfte an der Tür.

»Komm herein!« rief Leman, und das junge Mädchen trat ins Zimmer.

John erhob sich und reichte ihr die Hand.

»Hallo, Miss Leman, ich habe Sie ja eine ganze Woche lang nicht gesehen.«

Er bewunderte Faith Leman. Sie hatte große, graue Augen und eine zarte, schöne Gesichtsfarbe. Er bewunderte auch ihre graziöse Haltung und ihre anmutigen Bewegungen.

Jeder andere hätte sich über das Verhalten des alten Millionärs seiner schönen und liebenswürdigen Nichte gegenüber gewundert. Aber John Sands hatte nur zu oft diese unangenehmen Szenen erlebt. Der alte Harry Leman runzelte die Stirn, und als er mit ihr sprach, klang seine Stimme rauh und abweisend. »Nun, was willst du?«

Sie war an seine schlechten Stimmungen gewöhnt und kümmerte sich nicht weiter darum.

»Ich wollte nur fragen, ob ich etwas tun kann für dich.«

»Nein, ich brauche nichts«, erwiderte der Alte barsch. »Wenn du etwas tun willst, dann geh zu Bett. Ich brauche keine Wärmflasche für die Nacht, und ich kann auch einschlafen, ohne daß du mir das Kissen in den Rücken stopfst oder dich an mein Bett setzt und meine Hand hältst. Ich kenne schon alle die Tricks einer schönen Erbin, die ihren alten, sterbenden Onkel umgarnen will!«

Sie sah ihn ruhig an, nickte John Sands noch einmal zu und verließ dann das Zimmer.

»Ich verstehe nur eins nicht. Wenn Sie Faith hassen, warum behalten Sie sie dann bei sich?«

»Kümmern Sie sich um Ihre eigenen Sachen«, brummte Leman.

»Wenn ich mich über etwas noch mehr wundere als über die grobe Art und Weise, wie Sie sie behandeln, dann ist es höchstens die Tatsache, daß sie alles mit Gleichmut erträgt und nichts darüber sagt.«

»Das muß sie wohl, meinen Sie nicht auch? Ich unterstütze doch ihre Mutter! Wenn ich nicht wäre, würde die doch im Armenhaus sitzen!«

»Aber Sie müssen doch Ihr Vermögen irgend jemand hinterlassen.«

»Auf keinen Fall meiner Nichte oder ihrer faulen Mutter. Haben Sie mich verstanden? Das habe ich ihr auch schon erklärt. Es wäre überhaupt besser, daß ich mich verheiratete. Ich habe neulich schon gesagt, daß ich es auch bestimmt tun werde.«

»Na, das wäre nicht das erstemal, daß Sie darüber sprechen.«

»Haben Sie eine Zeitung mitgebracht?« fragte der Alte, nachdem sie schweigend ein paar Runden gespielt hatten.

»Ja, ich habe eine Abendzeitung.«

»Lassen Sie mich einmal sehen.«

John ging zur Garderobe, holte die Zeitung aus der Manteltasche und brachte sie Harry Leman. Der Alte blätterte die Seiten eifrig um.

»Gut! Sehr gut! Mexikanische Silberminen sind um zwei Punkte in die Höhe gegangen. Ich habe am Montag hunderttausend Kleinaktien davon gekauft.«

John lachte.

»Zum Teufel, warum lachen Sie über das, was ich sage?«

»Es ist doch wirklich lächerlich. Nun sitzen Sie hier, zergrübeln sich den Kopf, wie Sie Ihr Vermögen vergrößern können, und besitzen so viel Geld, daß Sie nicht wissen, wohin damit – aber trotzdem haben Sie nichts davon. Sie verstehen überhaupt nicht, Geld richtig auszugeben. Wenn Sie wenigstens noch Vergnügen daran hätten, Ihre Einnahmen zu erhöhen!«

»Woher wissen Sie denn, daß ich kein Vergnügen daran habe? Verstehen Sie denn nicht, daß das allergrößte Vergnügen darin liegt, andere Leute davon abzuhalten, das Geld zu verdienen, das man sich selbst in die Tasche steckt? Nicht das Bewußtsein, daß ich ein so großes Vermögen habe, befriedigt mich, sondern die Tatsache, daß andere Leute mein Geld nicht haben. Sehen Sie, das ist ein Trick, den nicht alle Leute verstehen. Die größte Genugtuung beim Kampf liegt in der Niederlage des Gegners.«

»Wer ist eigentlich Ihr Gegner?« fragte John.

»Irgendeiner«, erwiderte Leman unbestimmt. »Irgendeiner, der an der Börse gegen mich spekuliert.«

Sie spielten drei weitere Spiele. Nun waren es im ganzen sechs, und das war das wohlabgewogene Maß der Erholung, das sich der alte Leman gönnte. Heute freute er sich besonders, denn er hatte gewonnen. Er ging wieder zum Büfett und goß ein Glas Likör ein.

Sands lachte gutmütig.

»Ich wundere mich manchmal selbst, daß ich immer noch zu Ihnen komme. Aber Sie scheinen mich doch ganz gern zu haben.«

»Ja, da haben Sie nicht unrecht.«

Sands sah ihn offen an.

»Habe ich jemals versucht, Geld von Ihnen zu erhalten, Harry?«

»Nein. Aber damit ist immer noch nicht gesagt, daß Sie nicht einmal den Versuch machen werden. Sie sind so ein ganz heimlicher Kerl, der seine Gelegenheit abwartet. Ich bewundere immer Ihre Geduld, und ich bin sehr neugierig, einmal zu erfahren, worauf Sie hinauswollen und warum Sie eigentlich mit mir verkehren.«

Die beiden lachten herzlich zusammen.

»Aber warum heiraten Sie denn nicht?« fragte John Sands dann plötzlich.

Der Millionär sah ihn argwöhnisch von der Seite an.

»Sie haben doch nicht etwa eine Schwester, die Sie unter die Haube bringen wollen? Habe ich Sie nun doch erwischt?«

»Nein, ich habe keine Schwester, die ich verheiraten möchte«, entgegnete Sands gleichgültig. »Aber Sie versauern hier mit der Zeit tatsächlich und ärgern sich über die ganze Welt. Schließlich könnte das durch eine Heirat gebessert werden. Sie haben außerdem so oft davon gesprochen, daß Sie heiraten wollen, um Ihre Verwandten zu ärgern, daß ich mich immer wundere, warum Sie Ihr Vorhaben nicht endlich einmal ausführen.«

»Ich habe doch keine Verwandten. Habe ich Ihnen das noch nicht oft genug erklärt?« entgegnete Leman scharf. »Da ist doch nur dieses junge Mädchen und ihre Mutter. Die alte Frau ist ein unnützes Wesen, das einmal meinen Bruder Tom geheiratet hat, und wenn der das Geld nicht mit vollen Händen zum Fenster hinausgeworfen hätte, brauchte ich die Frau heute nicht zu unterhalten. Aber der war natürlich großspurig und sagte dem Kellner immer, er brauchte ihm nichts herauszugeben. Aber was sollte ich denn mit einer Frau anfangen?«

»Und was sollte eine Frau mit Ihnen anfangen? Das ist die andere Frage. Aber nehmen wir einmal an, Sie fänden die richtige Frau, die Sie heiraten und die Ihnen keine Unannehmlichkeiten bereiten und getrennt von Ihnen irgendwo auf dem Kontinent leben würde?«

»Das ist der dümmste Vorschlag, den Sie mir jemals gemacht haben. Gehen Sie jetzt, ich möchte mich zur Ruhe legen!«

John Sands ging zum Hotel, in dem er telefonisch ein Zimmer bestellt hatte, saß noch lange in einem Lehnsessel vor dem Fenster und überlegte hin und her. Schließlich hatte er einen Plan ausgedacht. Den Millionär hatte er auf einem Dampfer kennengelernt, und zwar auf der Fahrt von den Vereinigten Staaten nach England. Die beiden hatten eine merkwürdige Freundschaft miteinander geschlossen, die hauptsächlich darauf beruhte, daß John Sands ein sehr ruhiges und ausgeglichenes Temperament besaß und vorzüglich Piquet spielte. In seiner Jugend hatte er ein nicht allzu großes Vermögen geerbt und dann sein Geld in einer Fabrik in Connecticut angelegt, die genügend Verdienst abwarf, um ihm ein bequemes, sorgenloses Leben in London zu ermöglichen. Er hatte natürlich Harry Leman dem Namen nach gekannt, denn der Millionär war einer der großen, ungekrönten Könige, und die Presse verherrlichte ihn seit zwanzig Jahren. Die Zeitungsleute kannten seine Schwäche, daß er gern über sich reden hörte. Auf der anderen Seite war er unglaublich geizig. Aber es machte ihm Spaß, Geschichten und Witze darüber zu lesen.

John Sands ärgerte sich, daß ein so reicher Mann seine Tage nutzlos verbrachte und eigentlich nichts vom Leben hatte. Harry Leman gab kaum mehr als einen Dollar pro Tag für seinen Unterhalt aus. Er rauchte billige Zigarren und renommierte damit, daß er sich in den letzten fünfzehn Jahren keinen neuen Anzug hatte machen lassen. Während der Überfahrt von den Vereinigten Staaten nach England hätte er sich natürlich die teuerste Kabine leisten können, aber er fuhr in einer Innenkabine, die er außerdem noch mit einem anderen teilte.

John Sands hatte im Gegensatz zu ihm eine der besten Kabinen an Bord des Luxusdampfers belegt, und er ließ sich mindestens zwölf verschiedene Anzüge im Jahr machen. Als er Lemans Eigenheiten kennenlernte, ärgerte er sich zuerst darüber, dann lachte er, und schließlich wurde er nachdenklich.

John verbrauchte alles Geld, das er verdiente, bis zum letzten Dollar, und immer hatte er etwas davon gehabt. Jedenfalls machte er sich das Leben so bequem und angenehm wie möglich. In letzter Zeit war der Ertrag seiner Fabrik geringer geworden; infolgedessen hatte er seinen Chauffeur entlassen und auch die beiden Rennpferde verkaufen müssen, die er in New Market trainieren ließ. Damit waren auch seine Aussichten und Hoffnungen auf einen großen Rennsieg und dementsprechende Gewinne gesunken.

Und nun saß er vor dem Kaminfeuer in seinem kleinen Hotelzimmer am Tavistock Square, baute Luftschlösser und träumte von besseren Zeiten.

Währenddessen suchten viele Polizisten im Regen das Gehölz südlich von Whitecross Hill ab. Ab und zu blieben sie stehen und fluchten nicht wenig auf Margaret.

»Ich gehe die höchste Wette ein, daß sie irgendeinen Bekannten hatte, der sie hier abholte«, sagte ein dicker Sergeant und entkorkte seine Whiskyflasche. Er hatte sich unter denselben großen Baum gestellt, unter dem Margaret von John Sands gefunden wurde. »Hübsch war das Frauenzimmer – nach allem, was man gehört hat. Aber daß man ausgerechnet bei einem solchen Schweinewetter nach ihr suchen soll, ist doch wirklich gemein! Na, wir wollen uns einmal stärken.«

Der Beamte neben ihm nahm die Flasche und tat auch einen Zug.

»Wenn ihr irgendein Mann zur Flucht verholfen hat, dann hoffe ich nur, daß sie ihn genauso behandelt wie ihren früheren!«

4

Margaret Maliko stützte sich auf den Ellbogen und sah blinzelnd in den hellen Sonnenschein, der zum Fenster hereinströmte. Zuerst schaute sie bestürzt um sich, aber dann erinnerte sie sich an die Ereignisse des vergangenen Abends.

Sie sprang aus dem Bett, ging im Zimmer umher und bewunderte die prächtige Einrichtung. Mr. Sands hatte wirklich eine ausgesprochene Vorliebe für Luxus und Wohlleben.

Bürsten und Kämme waren aus echtem Schildpatt und Silber; die venezianischen Glasvasen und die prachtvollen Radierungen zeugten von geschmackvoller Auswahl. In der Fensternische stand ein zierlicher Empireschreibtisch. Schließlich trat sie in die Mitte des Zimmers und freute sich an dem harmonischen und luxuriösen Gesamteindruck. In einem solchen Hause ließ es sich leben!

Vorsichtig öffnete sie dann die Tür und hörte, daß unten jemand den Staubsauger in Tätigkeit setzte. Auf Zehenspitzen schlich sie zum Treppengeländer und spähte nach unten, wo sie eine ältere Frau bei der Arbeit sah.

»Ist Mr. Sands schon zurückgekommen?« fragte sie.

Die Frau schaute nach oben.

»Ja, er war vor ungefähr einer halben Stunde hier«, rief sie hinauf. »Haben Sie mir alles aufgeschrieben, was ich besorgen soll? Mr. Sands hat auch die Zeitungen für Sie hiergelassen. Er sagte, Sie würden sie gern lesen.«

Margaret zögerte.

»Bringen Sie die Zeitungen herauf und legen Sie sie auf mein Bett. Ich bade inzwischen. Können Sie mir auch den Kaffee bringen?«

»Ich habe das Frühstück schon fertig. Ihr Bruder sagte, ich sollte Sie nicht wecken, bis Sie mich selbst riefen.«

Als Margaret in ihr Zimmer zurückkam, fand sie einen Stoß Tageszeitungen. John Sands hatte darin mit Blaustift Annoncen angestrichen, in denen Damengarderobe angeboten wurde. Sie war erstaunt, daß er sich soviel Mühe mit ihr machte.

Dann nahm sie Papier und Bleistift und setzte eine Liste all der Dinge auf, die sie brauchte. Aber plötzlich kam ihr der beunruhigende Gedanke, daß sie kein Geld hatte. Wieder ging sie nach draußen und bemerkte, daß sich die Frau bereits zum Ausgehen angekleidet hatte.

»Hat Mr. Sands denn nicht noch etwas für mich zurückgelassen? Vielleicht einen Brief?«

»Ach ja, den habe ich ganz vergessen.«

Die Frau kam mit einem Briefumschlag die Treppe herauf und reichte ihn Margaret durch die Türspalte. Sie öffnete ihn und fand darin zehn Banknoten zu je zehn Pfund. Das war reichlich, soviel brauchte sie gar nicht.

»Hier ist die Liste. Nehmen Sie bitte einen Wagen.«

Margaret war sehr vorsichtig und zeigte sich nicht in ihrem Kostüm, denn die Aufwartefrau würde natürlich alle Schlafröcke und Pyjamas ihres Herrn kennen, und schließlich durfte die Gutgläubigkeit der alten Frau nicht zu sehr auf die Probe gestellt werden.

Sie kehrte zu ihrem Bett zurück und las sorgfältig alle Zeitungen durch. Jede hatte eine kurze Notiz über ihre Flucht aus dem Gefängnis gebracht. Margaret las auch eine Personalbeschreibung von sich selbst. Sie mußte lächeln, denn nach diesen dürftigen amtlichen Angaben würde es so leicht keinem Menschen gelingen, sie wiederzuerkennen, wenn er sie nicht vorher gesehen hatte. Die meisten Artikel glichen einander; das kam wahrscheinlich daher, daß die Polizei allen Blättern dieselbe Auskunft gegeben hatte. Aber als sie eine Bemerkung sah, wurde sie doch plötzlich ernst:

»Man muß annehmen«, lautete der kurze Absatz, »daß es der Strafgefangenen mit Hilfe eines Freundes gelang, nach London zu entkommen. Unsere Nachforschungen haben ergeben, daß ein großer, eleganter Wagen auf der North Road beobachtet wurde, und zwar dicht in der Nähe der Stelle, an der sich die Gefangene verborgen hielt. Es sind bereits Nachforschungen im Gange, den Eigentümer dieses Wagens festzustellen.«

Das war allerdings gefährlich. Wenn die Nummer des Autos bekannt wurde – und vielleicht hatte irgend jemand sie gesehen –, dann war sie verraten. Man würde den Eigentümer feststellen können, und wenn bekannt war, daß John Sands den Wagen gesteuert hatte, würde auch sie entdeckt werden.

Aber nach dem ersten Schrecken erholte sie sich wieder und dachte ruhiger. Wenn die Nummer des Wagens tatsächlich bekannt wäre, würde die Polizei längst hergekommen sein und das Haus durchsucht haben. Sie wartete ungeduldig auf die Rückkehr der Aufwartefrau, die ihr die neuen Kleider bringen sollte. Unruhig ging sie im Zimmer auf und ab und sah nervös durch das Fenster auf die Straße.

Nur langsam vergingen die Minuten. Aber endlich kam die Frau zurück. Sie war zu Fuß gegangen; sicherlich wollte sie das Geld für den Wagen für sich behalten.

Als Margaret dann aber die Kleider in Augenschein nehmen konnte, vergaß sie ihren Ärger. Ein Kostüm von graugrünem Ton kleidete sie vorzüglich, auch wenn es nicht nach ihren Maßen angefertigt war. Dann probierte sie einen einfachen Hut auf, der in der Farbe dazu paßte, und zog noch einen Regenmantel an. Als sie sich in dem großen Spiegel betrachtete, fühlte sie sich sicher. Ihr Aussehen hatte sich so verändert, daß niemand in ihr die entsprungene Gefangene erkennen würde. Sie suchte auf dem Frisiertisch von John Sands und fand auch Puder und sonstige Toilettengegenstände, die sie brauchte. Erst dann erinnerte sie sich daran, daß die Aufwartefrau ihr das auch alles mitgebracht hatte. Aber sie mußte doch lächeln, daß sie John Sands richtig beurteilt hatte. Als sie die schön geschwungenen Augenbrauen nachgezogen hatte, war sie fest davon überzeugt, daß sie das Gefängnistor passieren könnte, ohne von den Wärtern erkannt zu werden. Und als John Sands eintraf und sie ihm entgegentrat, hatte sie ihre ruhige Haltung und ihr Selbstbewußtsein vollkommen wiedererlangt.

»Sie sehen glänzend aus«, sagte er, und seine Augen leuchteten bewundernd auf. »Gestern machten Sie schon einen sehr guten Eindruck, aber das war nichts im Vergleich zu Ihrem heutigen Aussehen. Was haben Sie denn in der Hand?« fragte er.

Sie reichte ihm die Zeitungsmeldung, die sie ausgeschnitten hatte. Er las sie sorgfältig durch und schüttelte dann den Kopf.

»Als ich gestern abend mit Ihnen hierher zurückkehrte, bin ich noch einmal nach draußen gegangen und habe mir die Nummer des Wagens genau angesehen. Das Schild war derartig mit Schmutz bedeckt, daß man es unmöglich lesen konnte. Übrigens war es nahezu dunkel, als ich Sie unter dem Baum fand.«

»Dann ist das also nicht gefährlich?« erwiderte sie und atmete auf.

»Ich bin meiner Sache ganz sicher. Und jetzt werde ich Sie auch gleich zum Essen mitnehmen und mich mit Ihnen in der Öffentlichkeit zeigen, und zwar in einem der elegantesten Restaurants der Stadt.«

Draußen wartete das Auto; sie stieg ein, und er fuhr sie zum Piccadilly Circus. Er hatte das Verdeck zurückgeklappt, denn es regnete nicht mehr. Als sie langsam durch die Wimpole Street fuhren, nahm er einmal den Hut ab. Sie sah schnell zur Seite und bemerkte, wen er so liebenswürdig grüßte. Es war eine hübsche junge Dame in Begleitung eines jüngeren Herrn, die auf dem Gehsteig entlanggingen.

»Sehen Sie sich die Dame genauer an, drehen Sie sich aber nicht nach ihr um. Das ist Ihre zukünftige Nichte.«

Er mußte über seinen eigenen Witz lachen.

Faith Leman sah dem Wagen interessiert nach.

»Mir kommt dieser Herr sehr bekannt vor«, sagte ihr Begleiter.

»Er ist ein Freund meines Onkels, ein gewisser Mr. John Sands.«

»Ja, jetzt erinnere ich mich«, entgegnete er. »John Sands, ein Mann aus New York, der sich in London aufhält und ein richtiger Engländer geworden ist.«

»Das könnte man ebensogut von meinem Onkel sagen.«

Er schüttelte den Kopf.

»Nein, Onkel Harry ist durchaus nicht Engländer, abgesehen von seinen schlechten Manieren.«

Sie drohte mit dem Finger.

»Ich habe meinem Onkel gesagt, daß Sie heute abfahren würden. Kehren Sie wirklich morgen nach Amerika zurück?«

Er nickte.

»Ich wünschte, ich könnte mit Ihnen fahren«, meinte sie nachdenklich. »Ich habe so große Sehnsucht, meine Mutter einmal wiederzusehen.«

»Warum bitten Sie Mr. Leman nicht, Sie einmal nach New York zu schicken? Ich kenne mehrere Damen, die in nächster

Zeit nach drüben fahren. Denen würde es eine große Freude machen, wenn sie sich Ihrer auf der Reise annehmen könnten.«

»Es hat keinen Zweck, meinen Onkel um etwas zu bitten«, sagte sie traurig. »Allein die Tatsache, daß ich etwas gern haben möchte, genügt für ihn, es mir abzuschlagen.«

»Warum gehen Sie nicht von ihm fort?« drängte sie der junge Mann. »Ich weiß wohl, daß mich die Sache nichts angeht. Andererseits ist mir allerdings auch bekannt, daß Sie die große Erbschaft von acht Millionen Dollar ausschlagen, wenn Sie das tun.«

»Darüber brauche ich mir keine grauen Haare wachsen zu lassen. Mit der Millionenerbschaft habe ich nie gerechnet«, unterbrach sie ihn. »Für mich ist das Geld niemals bestimmt gewesen. Aber es geht leider aus anderen Gründen nicht. Mein Onkel ist immer sehr gut zu meiner Mutter gewesen, und –«

»Ich verstehe vollkommen«, erwiderte er ruhig. »Sie müssen bei ihm bleiben. Vermutlich fesselt Sie der alte Mann dadurch an sich, daß er Ihre Mutter unterstützt.«

Sie antwortete nicht, aber was er sagte, entsprach den Tatsachen. Sie konnte es nicht in Abrede stellen.

»Aber wie steht es denn bei Ihnen?« lenkte sie ab. »Sind Sie mit Ihrem Besuch in London zufrieden? Haben Sie genügend Material gesammelt, das Sie für Zeitungsartikel verwerten können?«

»Ich habe viel erreicht. Sie wissen doch, daß kurze Geschichten und Witze über Harry Leman in Amerika glänzend weggehen. Natürlich hat unser Vertreter hier in London sich auch darum bemüht und viele Geschichten nach New York geschickt, die von Harry Leman handeln, aber in letzter Zeit ging ihm anscheinend der Stoff aus. Deshalb beauftragte mich Holland Brown, die Sache ein wenig in Schwung zu bringen. Zuletzt waren die Sachen, die unser Mann von hier einsandte, zu trocken. Wir brauchen aber etwas Romantik, damit die Leute das Interesse nicht verlieren. Ich habe auch ein paar zugkräftige Geschichten, die sicher gern gelesen werden. Zum Beispiel den Witz, wie er in der Oxford Street beinahe ein Paar neue Schuhe gekauft hätte, ihm nachher aber der Preis für die beiden zu hoch war und er zunächst nur einen kaufen wollte!«

Sie sah ihn vorwurfsvoll an.

»Aber Miss Faith, was haben Sie denn dagegen? Wenn Ihr Onkel so etwas liest, freut er sich halbtot. Ich habe Ihnen übrigens noch nicht die Geschichte erzählt, die uns mit ihm passiert ist. Als wir eines Samstags einmal in unserem Feuilleton schrieben, daß John Rockbetter der geizigste Millionär wäre, erhielten wir von Harry Leman mit der nächsten Post einen Brief, in dem er furchtbar schimpfte. Die Nachricht von seiner Heirat stammt übrigens nicht von mir. Sie sind doch sicher, daß nichts Wahres an dem Gerücht ist?«

Sie zögerte.

»Ja, ich bin meiner Sache ganz sicher«, erwiderte sie dann. »Mein Onkel sagt zwar immer, daß er sich verheiraten will, aber ich glaube, das tut er nur, um mich zu ärgern und mir alle Hoffnungen zu nehmen, daß ich einmal sein Vermögen erben könnte. Und dabei will ich sein Geld doch gar nicht!« fügte sie bitter hinzu. »Ich habe nur den einen Wunsch, nicht mehr mit ihm im selben Haus zusammenleben zu müssen. Sie können sich nicht vorstellen, wie schwer mir das fällt, Mr. Cassidy.«

»Das kann ich mir schon denken – und ich fahre nicht gern mit dieser unangenehmen Erinnerung nach Amerika zurück.«

Er wollte noch mehr sagen, aber er unterließ es. Es war nicht das erstemal, daß er sich mit ihr aussprechen wollte, und nur die eine Tatsache, daß sie später wahrscheinlich doch einmal das ungeheure Vermögen ihres Onkels erben würde, hinderte ihn daran, ihr zu erklären, was er für sie fühlte. Schon oft hatten sich die Worte auf seine Lippen gedrängt, aber jedesmal hatte er sich im letzten Augenblick zusammengenommen. Er hatte sie kennengelernt, als er den Millionär zum erstenmal besuchte. Mr. Harry Leman war nicht zu Hause gewesen, und in der Zwischenzeit hatte sie ihn unterhalten. Später hatten sie sich noch häufig getroffen. Sie wußte allerdings nicht, daß er es jedesmal so geschickt einrichtete, daß er ihr auf der Straße begegnete, aber sie empfand diese neue Freundschaft wie den Sonnenschein nach langen Regentagen. Und jetzt, da sie wußte, daß er England bald wieder verlassen würde, fühlte sie sich bekümmert und bedrückt.

»Ich beneide Sie direkt, daß Sie wieder nach unserem lieben, alten New York zurückkehren können. Wissen Sie, was ich am liebsten möchte?«

»Ich weiß es«, erwiderte er eifrig.

»Nun, was denn?« fragte sie überrascht.

»Ich möchte es Ihnen nicht sagen, aber das schließt nicht aus, daß ich es nicht gern aus Ihrem Mund hören möchte.«

»Ich möchte zu gerne in New York einen Ausflug im Auto nach Coney Island machen, einmal wieder mitten in einer großen Menschenmenge sein, all die einzelnen Buden und Sehenswürdigkeiten betrachten und eine ganze Menge heißer Würstchen essen –«

»Dann wären Sie am nächsten Morgen sicher todkrank«, entgegnete er nüchtern und praktisch. »Nein, da könnte ich Ihnen doch etwas Schöneres vorschlagen, wenn Sie wieder einmal nach New York fahren.«

Sie kamen jetzt am Berkeley Square an. Zuletzt waren sie langsamer und langsamer gegangen. Er mußte ihr noch etwas anvertrauen, aber sosehr er sich auch in Gedanken abmühte, er konnte nicht die richtige Einleitung finden.

»Miss Leman«, begann er schließlich, »ich möchte Ihnen etwas sagen, das ich schon seit einiger Zeit auf dem Herzen habe.«

Er machte eine Pause.

»Ja, und was ist das?« fragte sie ermutigend.

»Sie wissen, ich bin nur ein Zeitungsberichterstatter ...« Wieder blieb er stecken.

»Ja, das weiß ich. Sie sind doch bei der ›New York Mail‹?«

Er nickte.

»Das wollte ich Ihnen eigentlich nicht erzählen. Ich fahre morgen ab, und es mag vielleicht ein Jahr oder länger dauern, bis ich Sie wiedersehen kann, wenn Sie nicht inzwischen nach New York zurückkehren sollten.«

»Aber Sie werden mir doch sicherlich schreiben?« fragte sie und sah ihn voll an. »Sie haben doch versprochen, das zu tun.«

Er schluckte.

»Ja, ich werde Ihnen schreiben, wenn Sie es gestatten. Und Sie sollen auch wissen, daß ich Ihr bester Freund bin.«

»Das sind Sie«, entgegnete sie lächelnd. »Ich habe keinen anderen Freund, und ich werde immer sehr gern an Sie denken, Mr. Cassidy.«

»Das freut mich«, entgegnete Jimmy, »aber ich möchte Ihnen nur dies eine sagen: vielleicht sind Sie eines Tages doch eine Millionärin, und dann werde ich Sie nicht mehr behelligen. Wenn Sie aber das Vermögen nicht erben, wenn dieser alte Geizhals – ach, entschuldigen Sie –, wenn Ihr Onkel sein Vermögen irgendwelchen anderen Leuten vermacht – also, wenn das der Fall sein sollte –«

Was er auch noch sagen wollte, er äußerte es jedenfalls nicht, denn in dem Augenblick wurde er plötzlich angerufen, wandte sich um und sah Harry Leman.

»Hallo, hallo, was machen Sie denn?« rief der Millionär freundlich. »Ich dachte, Sie wären schon abgefahren?«

»Mein Dampfer fährt erst morgen, Mr. Leman.«

»Sehen Sie, das ist ja glänzend. Kommen Sie mal her, Jimmy, ich habe eine Geschichte für Sie, mit der Sie mindestens eine ganze Seite in Ihrer Zeitung füllen können. Schreiben Sie für Ihr Leserpublikum, daß ich mich zwar verheiraten wollte, daß aber nichts aus der Sache wurde, weil ich mich mit meiner Braut zankte. Keiner von uns wollte nämlich die Kosten für die Trauung bezahlen. Haben Sie die Sache auch richtig verstanden? Und dann habe ich noch eine andere feine Sache. Schreiben Sie, daß ich, bevor es zur Kirche ging, mir vom Juwelier den Trauring für fünfzig Cent geliehen habe. Ist die Geschichte nicht Gold wert?«

Faith wandte sich mit einem leisen Seufzer von den beiden ab, nachdem sie Jimmy zum Abschied noch einmal zugenickt hatte.

»Ich erzähle Ihnen nächstens die Geschichte zu Ende, Miss Leman«, sagte er.

»Was ist das für eine Geschichte?« fragte der Onkel, als sie fortging. »Handelt sie auch von mir? Aber ich kann Ihnen eine noch viel bessere erzählen. Neulich hat mich doch jemand gefragt, ob ich ihm nicht eine Briefmarke leihen könnte –«

Aber Jimmy Cassidy hörte nicht hin, obwohl die Geschichte sehr gut erfunden war. Er sah noch immer dem jungen Mädchen nach.

5

Achtzehn Monate später saß Jimmy Cassidy wieder in London, und zwar im Hotel Magnificent am Russell Square. Er arbeitete an einer Sache, die ihn mehr interessierte als alle exzentrischen Millionärslaunen.

Der Bösewicht in all den Kriminalgeschichten ist natürlich ein Wahnsinniger, weil er vollkommen von der Norm der gewöhnlichen Menschen abweicht. Ein Mann, der nur Böses tut um des Bösen willen, muß ja verrückt sein. Und früher oder später kommt er in eine Irrenanstalt, wohin er auch gehört. Aber das sind nur die großen Ausnahmen. Die meisten Verbrecher kommen nur deshalb mit den Gesetzen in Konflikt, weil sie durch die Umstände dazu getrieben werden. Sie wollen einen gewissen Zweck erreichen, und da ihnen das auf legalem Weg nicht möglich ist, geraten sie von selbst auf den Weg des Verbrechens. Von all diesen Leuten sind die Mörder am wenigsten verbrecherisch veranlagt. Siebzig Prozent all der Leute, die wegen Mordes hingerichtet werden, haben früher niemals ein anderes Verbrechen begangen und sind achtbare Staatsbürger gewesen. Menschen, die kaltblütig morden wie die Borgias in früheren Zeiten, gibt es nur selten –

Soweit war Jimmy Cassidy gekommen, als sich die Tür seines Zimmers öffnete und Holland Brown mit einer großen, dicken Zigarre im Mund ins Zimmer trat.

Der Zeitungskönig war untersetzt und etwas korpulent, hatte einen kahlen Kopf und machte auch sonst einen wenig sentimentalen Eindruck. Er ließ sich in einem Armsessel an Jimmys Tisch nieder. Der junge Mann steckte die Hände in die Taschen und richtete sich in seinem Stuhl auf, denn er wußte, was kommen würde.

»Jimmy«, begann Mr. Brown, »vor achtzehn Monaten kamen Sie in diese Stadt, um Harry Leman zu interviewen und über ihn zu schreiben. Nachher sind Sie nach New York zurückgefahren und haben alle möglichen Geschichten über ihn mitgebracht, aber darüber, wie es mit seiner Verheiratung steht, haben Sie nichts geschrieben. Achtzehn Monate lang haben Sie nun die Möglichkeit gehabt, eine Geschichte zu schreiben, die alles andere, was in den amerikanischen Zeitungen erschienen ist, in den Schatten gestellt hätte. Und statt dessen schreiben Sie nur, daß Harry Leman mit einem gepumpten Trauring zum Standesamt kam und sich weigerte, seine Braut zu heiraten, weil sie nicht die Hälfte der Trauungskosten zahlen wollte. Ich muß sagen, die Geschichte war ganz nett, obwohl sie erfunden war.«

»Natürlich ist die Geschichte erfunden«, entgegnete Jimmy vergnügt. »Ich habe Ihnen doch selbst erzählt, wie ich dazu kam.«

Holland Brown ließ die große Zigarre von einem Mundwinkel in den anderen wandern und nickte bedächtig.

»Ich bin ja ganz vernünftig, und ich gebe gern zu, daß das, was Sie sagen, stimmt. Trotzdem hat Ihnen der Berichterstatter der ›New York Post‹ vollkommen den Rang abgelaufen, denn er hat die Neuigkeit von der Hochzeit Lemans gebracht.«

»Der Mann schließt das aus irgendwelchen Nebenumständen«, verteidigte sich Jimmy. »Aber er irrt sich. Vor allem stellt es doch Harry Leman selbst in Abrede. Ich habe ihn verschiedentlich deswegen auf Herz und Nieren geprüft, aber er streitet es glatt ab.«

»Haben Sie ihn denn jetzt wiedergesehen?«

»Ja, heute.«

»Und er hat es wieder abgestritten?«

Jimmy zögerte.

»Heute nicht. Meiner Meinung nach redet er nur von Hochzeit und Trauung, um Miss Leman zu ärgern.«

»Ist das seine Nichte?«

Jimmy nickte.

»Ich gebe ja gern zu, daß der alte Leman seit einem Jahr in der Öffentlichkeit immer behauptet, er sei verheiratet, aber er hat sich niemals mit seiner Frau gezeigt, und wir haben keinen Beweis, daß überhaupt eine Trauung stattgefunden hat.«

»Aber der Berichterstatter der ›New York Post‹ hat doch ziemlich handfeste Beweise beigebracht«, beklagte sich Holland Brown. »Er hat steif und fest behauptet, daß die Trauung eine Woche nach Ihrer Abfahrt von England stattfand. Und wenn Sie mir nicht den Gegenbeweis liefern und den Berichterstatter der ›New York Post‹ als Lügner entlarven können, muß ich glauben, was er schreibt. Ich habe Sie hergeschickt, damit Sie Ihren Fehler wieder gutmachen, aber Sie haben mich einfach sitzenlassen. Deshalb bin ich jetzt von Paris gekommen, um mit Ihnen zu sprechen – und um Sie an die Luft zu setzen.«

»Dann habe ich also meine Stelle verloren?«

»Selbstverständlich. Ich möchte ja nichts gegen Sie sagen, Jimmy, denn Sie sind wirklich ein guter Kerl, aber das erstemal haben Sie schon nichts von der Verheiratung Lemans gewußt, und jetzt haben Sie zum zweitenmal die Sache nicht herausgebracht. Zweimal dürfen Sie solche Böcke nicht schießen. Gehen Sie zu meinem Londoner Vertreter, der soll Ihnen die Rückfahrt nach New York und Ihr Gehalt bis zum Ende des Monats auszahlen. Ich muß mich nach einem wendigeren jungen Mann umsehen, der über Harry Leman berichtet, und ich kann Ihnen nur sagen, in meiner Kartothek steht ›kürzlich verstorben‹ bei Ihrem Namen.«

»Ich danke Ihnen«, sagte Cassidy. »Wenn ich nun aber tatsächlich die Sache aufklären kann, nachdem Sie mich an die Luft gesetzt haben, nehmen Sie mich dann wieder in Gnaden auf?«

Holland Brown zuckte die breiten Schultern.

»Ich weiß nicht, ob es überhaupt einen Zweck hat, eine Nachricht von meinem Konkurrenzblatt zu bestätigen. Nein, das paßt mir nicht. Wenn Sie mir aber eine ganz funkelnagelneue Geschichte bringen können, etwas ganz Hervorragendes, dann werde ich sie kaufen.«

Jimmy erhob sich und zog seinen Rock an.

»Schön, Mr. Brown, aber das eine kann ich Ihnen nur sagen, Harry Leman ist tatsächlich ein so gutes Thema, daß man eine Millionengeschichte über ihn schreiben kann. Ich habe Ihnen meine Vermutungen und Theorien über ihn ja mehr als einmal erzählt. Ein Reporter muß immer alles mögliche wittern und argwöhnen, bis er eines guten Tages durch die Tatsachen gerechtfertigt wird. Ich will auch nicht eine Million Dollar für meine Geschichte haben, wenn ich soweit bin, nicht einmal einen einzigen Dollar. Wenn ich aber die Wahrheit über die Heirat Harry Lemans herausgebracht habe und eine Geschichte darüber schreibe, komme ich zu Ihnen.«

»Jimmy, ich bin nicht gerne so hart zu Ihnen. Sie sind immer ein tüchtiger Mitarbeiter meiner Zeitung gewesen, aber es verdirbt die Moral aller anderen Angestellten, wenn der Star-Reporter nicht auf der Höhe ist. Ich muß Sie einfach an die Luft setzen. Und es ist ja schließlich nicht so schlimm für Sie. Es gibt eine Menge Zeitungen, die Sie gern engagieren werden.«

»Meinen Sie, das wüßte ich nicht?«

»Und dann noch eins, Jimmy. Ich muß wirklich sagen, daß Sie in letzter Zeit sehr nachgelassen haben.« Brown schüttelte den Kopf. »Ich habe gehört, daß Sie sich nicht mehr genug um Ihre Arbeit kümmern, weil Sie ein Mädel im Kopf haben. Der laufen Sie nach, und aus diesem Grund taugen wahrscheinlich auch Ihre Artikel nicht mehr soviel wie früher.«

»Nennen Sie mir den Schuft, der solche gemeinen Lügen verbreitet«, erwiderte Jimmy und grinste übers ganze Gesicht. »Ich sage Ihnen, der bekommt ein paar Faustschläge von mir zwischen die Zähne, daß er in Zukunft sein ungewaschenes Maul hält.«

»Regen Sie sich bloß nicht auf. Wir wollen uns doch hier nicht ärgern, Jimmy. Ich habe wirklich sehr große Achtung vor Ihnen

– und, verdammt noch mal, ich zahle Ihnen zwei Monate Gehalt!«

Jimmy lachte.

»Wissen Sie was? Sie werden mir drei Monate Gehalt zahlen, das steht nämlich in meinem Vertrag. Und wenn ich die Millionengeschichte tatsächlich geschrieben habe, Mr. Brown, dann komme ich zu Ihnen. Sie ist wahrscheinlich so gut, daß Sie mich als Teilhaber aufnehmen, denn vermutlich werden Sie nicht genug Geld haben, mich anderweitig zu bezahlen.«

Jimmy hatte von Anfang an erwartet, daß ihn Holland Brown auf die Straße setzen würde, als er hörte, daß der Zeitungskönig von Paris nach London kam, um mit ihm zu sprechen. Tatsächlich war es ihm in Journalistenkreisen übel vermerkt worden, daß er die Verheiratung Harry Lemans nicht gemeldet hatte, die man in New York allgemein als Tatsache betrachtete. Aber er hatte sich der allgemeinen Ansicht nicht anschließen können; er mißtraute der Geschichte nach wie vor. Jetzt sah er allerdings ein, daß es ein taktischer Fehler gewesen war, allein gegen den Strom zu schwimmen. Aber er hatte sich immerhin auf sein Urteil verlassen. Er kannte ja Harry Leman besser als irgendein anderer Reporter, und er wußte, wie sehr der Millionär darauf bedacht war, seine Nichte zu ärgern.

Nachdem Holland Brown gegangen war, suchte Jimmy sein Manuskript für das große Werk zusammen, das er über Verbrechen und Verbrecher schrieb. Die Welt sollte staunen, wenn es erschien. Er schloß die Blätter in eine Schublade, nachdem er sie geordnet hatte.

Dann sah er auf seine Uhr. Für Faith war es noch zu früh; er hatte mit ihr verabredet, daß er sie am Abend im Park treffen wollte.

Achtzehn Monate waren vergangen, und er hatte seine Geschichte, die damals durch Harry Leman unterbrochen wurde, noch nicht zu Ende erzählt. Aber das Ende war jetzt bedeutend schwieriger zu erzählen, nachdem er seine Stellung verloren hatte. Trotzdem machte ihm das im Augenblick keine zu großen Kopfschmerzen, denn plötzlich kam ihm ein Gedanke.

»John Sands!« rief er. »Den muß ich jetzt sprechen.«

Er nahm ein Telefonbuch und suchte Sands' Adresse. Zehn Minuten später klingelte er schon an seiner Haustür. Der selbstzufriedene, ruhige junge Mann war allein und legte an einem Tisch in der Nähe des Fensters Patience, als Jimmy ankam.

»Kommen Sie herein«, rief er vergnügt. »Ich bin Ihnen zwar noch nicht vorgestellt, aber ich kenne Sie. Ihr Name ist doch Cassidy?«

»Ja, so heiße ich, und ich möchte Sie bitten, mir ein paar Minuten Gehör zu schenken. Ich weiß wohl, daß Ihre Zeit sehr wertvoll ist.«

Mr. Sands sah auf die Karten, die vor ihm auf dem Tisch lagen, und lachte.

»Sie brauchen deshalb nicht ironisch zu werden«, erwiderte er lächelnd. »Was kann ich für Sie tun?«

»Ich will Ihnen alles offen sagen«, erklärte Jimmy. »Ich bin ein Berichterstatter der ›New York Mail‹.«

Sands nickte. »Mr. Leman hat mir davon erzählt.«

»Nun gut, dann muß Mr. Leman erfahren, daß ich wegen seiner Heiratsgeschichte entlassen worden bin.«

»Was hat denn seine Heiratsgeschichte damit zu tun?«

»Mein Konkurrent von der ›New York Post‹ hat die Geschichte zuerst veröffentlicht, und ich bin daher jetzt meine Stellung los. Ich frage Sie nun, Mr. Sands: Ist es wahr, daß Harry Leman verheiratet ist?«

»Unter diesen Umständen«, entgegnete Mr. Sands, »will ich nicht abstreiten, daß er nicht verheiratet ist.«

»Heißt das nun, daß er verheiratet ist oder etwas anderes?« entgegnete Jimmy ungeduldig.

»Ich kann Ihnen auch nicht mehr erzählen als das, was Mr. Leman seinen besten Freunden sagt.«

Jimmy erhob sich.

»Ich sehe, daß ich mich in Ihnen getäuscht habe. Ich dachte, Sie würden mir eine wirklich brauchbare Auskunft geben. Der Berichterstatter der ›New York Post‹ hat in seinem Blatt geschrieben, daß sich Harry Leman eine Woche nach meiner Abreise von London vor achtzehn Monaten tatsächlich trauen ließ.«

»Das ist immerhin möglich«, meinte Mr. Sands und zuckte die Schultern. »Ich bin ein Freund Mr. Lemans und kann wohl sagen, sogar ein sehr guter Freund, aber er bespricht seine Privatangelegenheiten weder mit mir noch mit einem anderen. Ich kann Ihnen daher auch nichts anderes mitteilen, als was der amerikanische Millionär den Presseleuten erzählt hat.«

»Und das ist so gut wie gar nichts«, erwiderte Jimmy verzweifelt.

»Ja, praktisch läuft es darauf hinaus«, gab Sands gelassen zu.

Jimmy hatte ja auch nur wenig Hoffnung darauf gesetzt, daß John Sands die Geheimnisse seines Freundes preisgeben würde. Er hatte eigentlich an Sands noch weitere Fragen stellen wollen, aber er hatte eine Verabredung, die er unter keinen Umständen versäumen durfte, selbst wenn er noch soviel Informationen für seine Zeitung erhalten konnte.

Faith Leman wartete am Eingang eines Londoner Parks auf ihn, und sie gingen zusammen die gutgepflegten Wege entlang. Eine Zeitlang vergaßen sie ihre Sorgen und Schwierigkeiten.

Während der vergangenen achtzehn Monate hatten die beiden einen regen Briefwechsel miteinander unterhalten. Nach seiner langen Abwesenheit von London hatten sie sich nun wieder getroffen, und sie fanden, daß sie sich nicht, höchstens zum Besseren, verändert hatten. Faiths reizendes Aussehen fesselte Jimmy mehr denn je, als er sie wiedersah, und er grollte dem Schicksal, daß es ihm neue Hindernisse für die Erreichung seiner Ziele in den Weg legte. Diese achtzehn Monate hatte er von nichts anderem geträumt als von Faith und einem gemeinsamen Lebensglück mit ihr. Und sie sah, daß er gereifter und zielsicherer geworden war, und freute sich, daß sie jemand hatte, dem sie all ihren Kummer anvertrauen konnte. Den großen Entschluß, den Jimmy gefaßt hatte, mußte er ihr noch mitteilen, aber glücklicherweise gab es noch andere Mittel und Wege, als sich durch Worte zu verständigen.

Sie gingen zusammen tief in den Park hinein, bevor er an seinen eigenen Kummer dachte.

»Ach, ich muß Ihnen noch etwas erzählen, Miss Leman. Ich habe meine Stellung verloren.«

»Wieso?« fragte sie überrascht. »Ihre Zeitung hielt doch so große Stücke auf Sie?«

»Das ändert an den Tatsachen nichts. Der alte Holland Brown fuhr eigens von Paris hierher, um mich auf die Straße zu setzen. Ich hatte schon eine Ahnung, daß er zu diesem Zweck nach London käme, aber ich hoffte doch, daß er mir noch einen oder zwei Monate Zeit geben würde, bis ich die ganze Geschichte beisammen hätte.«

»Sind Sie immer noch davon überzeugt, daß mein Onkel verheiratet ist?«

»Ich weiß kaum, was ich dazu sagen soll.«

»Ach, ich wünschte nur, es stimmte und er hätte wirklich eine

Frau«, sagte sie heftig. »Sie wissen ja nicht, wie entsetzlich es ist! Wenn ich nur irgendeinen Vorwand finden könnte, um von ihm fortzugehen – keinen Tag länger würde ich warten. Er ist ganz unausstehlich zu mir – viel schlimmer als jemals. Er verhöhnt mich dauernd und macht mir Vorwürfe, daß ich es nur auf sein Geld abgesehen hätte und auf seinen Tod warte. Es ist kaum wiederzugeben, was er mir alles sagt. Ich wünschte tatsächlich, er wäre tot, so grausam und abstoßend das auch klingen mag. Ich kann mir nicht helfen, aber mir wäre es nur recht, wenn er sein gräßliches Geld mit sich ins Grab nehmen würde.«

Jimmy legte die Hand auf ihre Schulter.

»Aber liebe Faith«, sagte er und wunderte sich selbst über seine Kühnheit, »so dürfen Sie nicht sprechen. Sie sind überreizt. Warum gehen Sie nicht nach den Vereinigten Staaten zurück? Schließlich ist es doch nicht ausgeschlossen, daß er Ihre Mutter zur Erbin eingesetzt hat.«

6

Jimmy wußte im voraus, was sie darauf sagen würde. Während seines Aufenthaltes in New York hatte er die Gelegenheit benützt, Nachforschungen nach ihrer Mutter anzustellen. Sie war eine liebenswürdige, freundliche Frau, die sich aber in wirtschaftlichen Dingen nicht zu helfen wußte und ähnlich wie John Sands eine Schwäche für Luxus und Komfort hatte. Daß sie dieses angenehme Leben auf Kosten ihrer Tochter führte, wußte sie wohl nicht. Und wenn sie doch wußte, wie elend sich Faith in London bei ihrem Onkel fühlen mußte, machte sie sich weiter keine Sorgen darüber.

Es war möglich, daß sie eine Ahnung von den Verhältnissen hatte, in denen ihre Tochter lebte, denn als sie einmal mit Jimmy von Faith sprach, gebrauchte sie den Ausdruck: »Mein armes, gutes Mädchen.« Jimmy hatte den Eindruck, daß die Frau bis zu einem gewissen Grade selbstsüchtig war und zuviel vom Leben verlangte. Mit diesen Worten, die ihr Mitleid ausdrückten, glaubte sie wahrscheinlich, den Dank abzutragen, den sie ihrer Tochter schuldig war.

Faith machte eine Bewegung mit den Händen, die ihre Hoffnungslosigkeit zeigte.

»Wie könnte ich denn von hier fortgehen?« fragte sie. »Sie wissen doch ebensogut wie ich, daß das unmöglich ist. Meine Mutter hat mir geschrieben, daß Sie sie besucht haben.«

Jimmy nickte.

»Aber Sie wissen ja selbst, daß ich nicht fort kann«, sagte sie hilflos. »Oder wie soll ich es denn Ihrer Meinung nach anstellen?«

Er sprach nicht weiter über dieses Thema.

»Ich möchte Sie nicht gern über die Verhältnisse Ihres Onkels ausfragen, und auf keinen Fall will ich Ihnen auf die Nerven fallen oder Sie beunruhigen. Sie müssen mir sofort sagen, wenn es Ihnen zuviel wird. Es wäre leicht möglich, daß ich die Grenze des Erlaubten überschreite.«

»Jimmy, ich will Ihnen alles sagen, was ich weiß«, entgegnete sie schnell.

Er lächelte fröhlich über die natürliche Art und Weise, wie sie ihn beim Vornamen nannte. Auf dieses Glück hatte er nicht zu hoffen gewagt.

»Erinnern Sie sich noch an den Morgen, an dem ich mich vor achtzehn Monaten von Ihnen verabschiedete?«

»Den werde ich nicht so leicht vergessen«, erwiderte sie und warf ihm einen sonderbaren Blick zu. »Es war – schön. Sie müssen nicht denken, daß ich zu frei bin, aber Sie sind der erste Mann, den ich als meinen Freund bezeichnen darf. Als Sie damals fortgingen, erschien mir das Leben ein wenig einsam und leer. Aber damit will ich nun nicht gerade sagen, daß ich« – sie sah ihn treuherzig an – »in Sie verliebt bin.«

»Ach nein«, entgegnete Jimmy hastig. »Selbstverständlich ist das nicht der Fall.«

»Oder daß ich annehme, Sie liebten mich. Männer und Frauen können ja auch gute Freunde sein, ohne daß sie sich ineinander verlieben.«

»Ganz bestimmt«, erklärte Jimmy mit Nachdruck. »Nichts kann einem leichter passieren, als daß man ein freundschaftliches Verhältnis mit einer hübschen jungen Dame hat.«

»Ja, ich kann mich noch sehr gut auf die Zeit besinnen, als Sie hier in London waren. Es waren herrliche Wochen. Und nachher haben Sie mir sofort von New York aus geschrieben – Jimmy, das war der beste und freundlichste Brief, den je ein Mann einer jungen Dame schrieb. Aber bis ich den ersten Brief bekam, fühlte ich mich so verlassen, daß ich eigentlich nicht mehr weiterleben wollte. Ich habe Sie aber eben unterbrochen . . .«

»Erinnern Sie sich noch an die Zeit, als ich von London fortging? Ich meine, ein bis zwei Wochen nach meiner Abreise?«

»Ja, gewiß«, antwortete sie schnell.

»Ist Ihr Onkel damals dauernd in seiner Wohnung in der Davis Street geblieben? Ich meine, hat er alle Nächte zu Hause zugebracht?«

Sie schüttelte den Kopf.

»Es ist merkwürdig, daß Sie danach fragen. Für gewöhnlich bleibt mein Onkel niemals über Nacht fort. Und das hat auch seinen Grund. Es erscheint ihm als Verschwendung, ein Logis im Hotel zu bezahlen. Und so kommt es, daß er stets zu Hause schläft. Aber damals hat er eine Ausnahme gemacht. Mrs. Redmayne – das ist unsere Haushälterin – sagte mir noch vor ein paar Tagen, daß er vor achtzehn Monaten das erste und einzige Mal die Nacht auswärts zugebracht hätte.«

»Wann war denn das?« fragte Jimmy.

»Fünf Tage nach Ihrer Abfahrt. Er sagte mir auch nicht, wohin er ginge, er bemerkte nur in seiner gewohnten, brüsken Art am Nachmittag, daß er am Abend nicht nach Hause zurückkäme, da er mit einem Freund eine längere Autotour vorhätte und erst am nächsten Abend zurückkommen wollte.«

»Und wann ist er zurückgekommen?«

»Ich glaube, es war acht Uhr, es kann aber auch neun gewesen sein«, sagte sie, nachdem sie einen Augenblick nachgedacht hatte. »Auf jeden Fall war es spät am nächsten Abend.«

»War er allein?«

Sie schüttelte den Kopf.

»Nein, Mr. Sands war bei ihm. Sie kamen zusammen die Treppe herauf. Ich war in meinem Zimmer und hörte sie. Mein Onkel hat gewisse Eigenheiten, und wenn Mr. Sands ihn besucht, werden immer zwei Gläser mit Kognak aufs Büfett gestellt. Die trinken sie erst, und dann spielen sie Piquet. Wenn sie fertig sind, trinken sie noch ein Glas, und darauf verabschiedet sich Mr. Sands. Solange ich die beiden kenne, war es nicht anders. Das ist eigentlich der einzige Luxus, den sich mein Onkel gestattet.

An jenem Abend hatte ich nun vergessen, die Gläser einzuschenken; ich wußte auch nicht genau, ob Mr. Sands kommen würde. Mein Onkel sagt mir gewöhnlich am Nachmittag, ob Mr. Sands uns abends besucht. Er rief mich ziemlich laut herunter und fragte in barschem Ton, warum ich den Kognak nicht eingeschenkt hätte. Aus diesem Grund weiß ich noch genau, wie es war. Ich kann mich auf den Tag besinnen, als ob es gestern gewesen wäre.«

»Hat er gesagt, wo er war?«

»Nein, nicht ein Wort. Er sagt mir nur selten etwas und ist sehr verschlossen. Höchstens wirft er mir vor, wieviel Geld ich ihm koste und wie enttäuscht ich sein werde, wenn ich nach seinem Tod erfahren würde, daß er sein großes Vermögen für wohltätige Zwecke bestimmt hätte.«

Jimmy lachte und legte ihren Arm in den seinen.

»Dann wissen Sie also auch nicht viel mehr über die ganze Sache als ich, Faith. Aber der Korrespondent von der ›New York Post‹ hat die Geschichte veröffentlicht, das wissen Sie doch?«

»Ja, ich habe es erfahren. Mein Onkel war sehr belustigt und freute sich, daß ein so großer Artikel über ihn erschien. Er hat ihn ausgeschnitten und mit einer Heftzwecke an der Wand befestigt. Sooft ich ins Zimmer kam, zeigte er darauf und fragte mich, ob ich es gesehen hätte. Er ist ein merkwürdiger Mann, daß er sich darüber freut, wenn er andere Leute ärgern kann. Selten war er so vergnügt wie damals.«

»Ist sonst niemand hier ins Haus gekommen?«

»Nein, niemand«, entgegnete sie bestimmt.

»Sonderbar«, sagte Jimmy und schüttelte den Kopf.

»Wie benimmt sich eigentlich Mr. Sands Ihnen gegenüber?«

»Er ist immer sehr liebenswürdig und tut alles, um die schlechte Stimmung meines Onkels zu vertreiben. Soviel ich weiß, ist er der einzige, der einen gewissen Einfluß auf ihn hat. Er tut sogar manches ohne Wissen meines Onkels, um mir das Leben leichter zu machen. Aber ich kann ihn nicht recht leiden, er ist mir zu weiblich. Zum Beispiel hat er großes Interesse an Kleidern und Hüten. Als mein Onkel neulich einmal nicht zu Hause war, mußte ich Mr. Sands unterhalten, und er sprach dauernd von nichts anderem als von Kleidern und von Garderobe. Ich hatte damals gerade mein einziges neues Kleid verdorben, indem ich eine Tasse Kaffee verschüttete. Er tröstete mich und sagte, er würde schon mit Onkel sprechen, daß ich die nötigen Kleider bekäme.« Sie lachte wieder.

»Das spricht jedenfalls für seinen guten Charakter«, erwiderte Jimmy nachdenklich. »Aber ich darf Sie nicht wieder so lange allein lassen, Faith.«

»Ja, aber wie wollen Sie das denn machen?« fragte sie und sah ihn erstaunt an.

»Ich muß Sie eben von hier mit mir fortnehmen«, sagte er vergnügt. »Übrigens wird es nicht lange dauern, bis ich wieder eine gute Stellung bekomme, und etwas Geld habe ich ja auch. Meine Mutter ist nicht ganz ohne Vermögen. Sie könnten bei meinen Verwandten leben.«

Sie schüttelte den Kopf.

»Aber Jimmy, Sie müssen doch einsehen, daß das nicht geht. Meine Mutter ist wirklich arm, und selbst wenn ich einwilligte, daß Sie für mich sorgen, kann ich doch nicht von Ihnen verlangen, daß Sie obendrein noch meine Mutter unterhalten.« Sie machte ein trauriges Gesicht. »Ich weiß, daß ich aus der Familie Leman bin, und ich besitze wahrscheinlich auch alle die schlechten Eigenschaften der Familie, aber es gibt manchmal Zeiten –«

Jimmy drückte ihren Arm liebevoll und war froh, daß er sie trösten konnte.

Es war bereits elf Uhr, als er in sein Hotel zurückkam. Ein englischer Pressemann wartete unten im Vestibül auf ihn.

»Hallo, Jimmy! Wir haben gehört, daß der alte Brown sich mit Ihnen entzweit hat. Der Chefredakteur hat mich sofort hergeschickt, um Ihnen sagen zu lassen, daß bei uns immer ein Redaktionsstuhl für Sie frei ist, wenn Sie zu uns kommen wollen.«

Jimmy grinste.

»Nein, das ist nicht gut genug für mich, ich schreibe nur Geschichten, für die ich eine Million Dollar bekomme!«

»Wie machen Sie denn das?« fragte der andere interessiert. »Sie wollen doch nicht etwa sagen, daß Sie für einen Artikel oder eine Artikelserie ein so hohes Honorar erhalten?«

»Doch, soviel ist meine Arbeit wert«, erklärte Jimmy, »aber in Wirklichkeit bekomme ich wohl etwas weniger.«

Jimmy erzählte ihm nun von seinen Schwierigkeiten, und der Journalist lachte über die Einstellung der Amerikaner.

»Aber warum machen Sie sich denn so große Kopfschmerzen?« fragte er schließlich erstaunt. »Sie können doch sehr einfach feststellen, ob Harry Leman geheiratet hat oder nicht. Sie brauchen sich doch nur an das Zentralstandesamt in Somerset House zu wenden.«

Jimmy sah ihn erstaunt an, denn davon hatte er noch nie etwas gehört.

»Somerset House«, fuhr der andere fort, »ist die Zentralstelle, wo alle Eheschließungen, Geburten, Todesfälle, Scheidungen und andere Unglücksfälle registriert werden, die den Einwohnern Großbritanniens passieren. Wann soll denn eigentlich die Trauung gewesen sein?«

Jimmy gab die ungefähre Zeit an.

»Nun, die Sache ist wirklich furchtbar einfach.« Der Journalist erklärte Jimmy, wie er es machen müßte, um die gewünschte Aufklärung zu erhalten. Merkwürdig, dachte Jimmy, als er sich am Abend auskleidete, daß ich nicht längst auf diese einfache Lösung gekommen bin.

Aber schließlich war er ja nur auf Besuch in England und kannte wenig von den Einrichtungen des Landes. Glücklicherweise hatte der Sonderberichterstatter der ›New York Post‹ ebensowenig Ahnung davon wie er, und so hatte Jimmy immer noch Gelegenheit, amtliche Feststellungen über die eventuelle Trauung Harry Lemans zu machen. In der amerikanischen Presse war jedenfalls darüber noch nichts mitgeteilt worden. Der freundliche Journalist hatte versprochen, ihn am nächsten Vormittag nach Somerset House zu begleiten, und als Jimmy morgens in die Hotelhalle kam, wartete der Mann schon auf ihn.

Die Durchsicht der Register in Somerset House war lächerlich einfach; nach einer Viertelstunde hatten sie bereits die betreffende Eintragung entdeckt. Jimmy war bestürzt und verstört, als er den nackten Tatsachen gegenüberstand. Schwarz auf weiß konnte er hier lesen:

> Harry Leman, 56 Jahre alt, Junggeselle, getraut mit Margaret Smith, 31 Jahre alt, Witwe. Die Vermählung fand statt am 29. Oktober 19 . . auf dem Standesamt in Griddelsea.

»Unglaublich«, sagte Jimmy atemlos. »Und das hätte man nun schon längst hier erfahren können! Nur einen Dollar hätte ich zu zahlen brauchen, dann hätte ich schon vor achtzehn Monaten eine beglaubigte Abschrift dieser Eintragung in Händen gehabt. Wo kann ich hier schnell ein Kursbuch bekommen?«

»Wohin wollen Sie denn?« fragte sein Begleiter.

»Nach Griddelsea«, erklärte Jimmy entschlossen. »Ich will mir dort eine Abschrift der Trauungsurkunde ausstellen lassen. Und nachher gehe ich zu Harry Leman und reibe ihm die Tatsache unter die Nase. Dann muß er mir sagen, warum er die Sache bis jetzt verheimlicht hat und warum er nicht mit seiner Frau zusammenlebt. Und Sie können sich darauf verlassen, der gibt mir die Fotografie der Frau, die er geheiratet hat, sonst schreibe ich einen Artikel über ihn, den er sich nicht hinter den Spiegel steckt.«

Die Fahrt nach Griddelsea erschien ihm endlos – in Wirklichkeit dauerte sie nur zwei Stunden. Unterwegs arbeitete er in Gedanken schon den Entwurf der epochemachenden Geschichte aus.

Griddelsea ist eine ruhige Hafenstadt an der Küste von Sussex. Ohne große Schwierigkeit fand er das Standesamt und wurde auch sofort in das Büro des Amtsvorstehers geführt. Es war ein untersetzter, stämmiger Mann von mittleren Jahren, der Jimmy wohlwollend betrachtete und ihm ein Ankündigungsformular hinschob.

»Ach nein«, protestierte Jimmy und wurde rot. »Ich will mich hier nicht trauen lassen, ich möchte mich nur nach einer Trauung erkundigen, die vor achtzehn Monaten hier stattfand.«

»Ach, das war während der Amtszeit meines Vorgängers, des armen Mr. Hornblew. Können Sie mir Namen und Datum genauer angeben?«

Jimmy reichte ihm den kurzen Auszug aus dem Register von Somerset House. Die großen Bücher wurden nachgeschlagen, und schließlich fand man das Protokoll.

»Das dachte ich mir schon«, sagte der Beamte. »Es ist die letzte Trauung, die Mr. Hornblew vorgenommen hat. Ich habe von der Geschichte gehört. Der Herr – Mr. Harry Leman – wünschte durchaus, getraut zu werden, und mein armer, alter Freund war damals sehr krank und lag zu Bett. Aber er stand auf, obwohl es die Ärzte ihm verboten hatten, da ihm eine außerordentlich hohe Geldbelohnung dafür versprochen wurde. Der Sekretär hat mir oft davon erzählt. Nachher ist er dann bald gestorben. Dieser Mr. Leman ist doch ein vielfacher Millionär?«

»Ja“, erwiderte Jimmy erfreut. »Um den handelt es sich hier.«

»Und ich soll Ihnen wohl eine beglaubigte Abschrift der Trauungsurkunde ausstellen?«

»Ja, Sie haben mich vollkommen richtig verstanden.«

Jimmy fuhr mit dem nächsten Zug nach London zurück und kam kurz nach sechs dort an.

7

Mr. John Sands saß in seinem luxuriösen Wohnzimmer und war sehr nachdenklich. Er hatte das Gefühl, daß der Stern Bellatrix durch Wolken verdüstert wurde. Vielleicht stand er auch gerade jetzt nicht am Himmel, oder er war im Untergang begriffen. Sands war in sehr trüber Stimmung und fühlte sich unsicher, denn drei Dinge waren in dieser Woche passiert, die ihm schwer zu denken gaben. Erstens war ein Brief von seinem Geschäftsführer in New York gekommen, sehr prosaisch und rein geschäftlich abgefaßt. Zweitens hatte er zu Hause mit seiner Aufwartefrau Ärger gehabt, und drittens hatte ihm am Nachmittag ein Eilbote eine Mitteilung von Harry Leman gebracht. Sie war nur sehr kurz und lautete:

Würden Sie heute abend um acht zu mir kommen?

Ich möchte dringend mit Ihnen sprechen.

John Sands runzelte die Stirn. Was in aller Welt konnte nur passiert sein, daß Harry Leman sechzehn Cent für einen Brief ausgab? Aber John Sands war nicht der Mann, der sich allzulange über unangenehme Dinge den Kopf zerbrach. Er überlegte nicht mehr, sprang auf, nahm einen Gedichtband aus dem Bücherschrank und las zwei Stunden. Um drei Viertel acht ging er in sein Ankleidezimmer und kehrte ein paar Minuten darauf tadellos gewaschen und frisiert nach unten zurück. Dann ging er im Zimmer auf und ab, legte die Hände auf den Rücken und hielt den Kopf auf die Brust gesenkt. Schließlich sah er nach der Uhr. Er hatte noch fünf Minuten Zeit. Das genügte vollkommen, um den kurzen Weg, der ihn von der Wohnung Harry Lemans trennte, zu Fuß zurückzulegen. Er hatte gerade Handschuhe und Spazierstock vom Tisch aufgenommen, als es an der Tür klingelte. Er öffnete und sah Jimmy Cassidy. Das war allerdings der letzte, den er zu dieser Zeit erwartet hätte. Der Journalist war in allerbester Stimmung und sah ihn triumphierend an.

»Kann ich Sie eine Minute sprechen, Mr. Sands?«

»Aber auch buchstäblich nur eine Minute. Ich habe nämlich eine sehr wichtige Verabredung. Aber – was führt Sie zu mir«, fragte er, als er die Tür hinter seinem Besucher schloß.

»Ich habe eine beglaubigte Abschrift der Trauungsurkunde!«

Ein tiefes Schweigen trat ein.

»Sie haben die Abschrift der Trauungsurkunde?« wiederholte

Sands dann ruhig. »Von welcher Trauung sprechen Sie eigentlich?«

»Es handelt sich um die Eheschließung von Harry Leman und Margaret Smith. Tun Sie doch nicht so, als ob Sie von nichts wüßten, Mr. Sands. Es hat keinen Zweck mehr, denn ich habe alles herausbekommen.«

»Und was wollen Sie nun unternehmen?«

»Ich werde sofort Mr. Leman aufsuchen. Er muß mir die ganze Sache von Anfang bis zu Ende erzählen. Ich habe genug Material gesammelt, um eine große Geschichte zu schreiben, die mindestens eine Zeitungsseite einnimmt. Aber ich brauche von ihm noch die hauptsächlichsten Daten.«

Sands stieg schnell die Treppe zu seinem Schlafzimmer hinauf, und nach kaum vierzig Sekunden kam er mit schweren Schritten wieder die Treppe herunter. Cassidy hörte ihn, obgleich die Stufen mit einem dicken Läufer belegt waren.

»Es ist wahrscheinlich das beste, was Sie unter diesen Umständen tun können«, sagte John Sands, als er wieder im Wohnzimmer bei seinem Besucher angekommen war. »Aber Sie müssen sich folgendes überlegen, Mr. Cassidy: Harry Leman ist ein ziemlich alter Herr und hat einen sehr sonderbaren Charakter. Es ist sehr leicht möglich, daß er Ihre Geschichte falsch auffaßt. Ich will Sie gern zu seinem Haus begleiten, aber ich halte es für unbedingt notwendig, daß ich Mr. Leman erst sehe und ihm erkläre, daß sein Geheimnis herausgekommen ist. Ich habe es natürlich längst gewußt. Aber meiner Meinung nach muß er auf den Schreck vorbereitet werden. Sie verstehen?«

»Selbstverständlich«, entgegnete Jimmy angenehm berührt. »Ich kann mich auch in seine Lage versetzen und will dem alten Mann natürlich keinen unnötigen Schrecken einjagen. Es ist liebenswürdig von Ihnen, daß Sie ihn vorbereiten wollen.«

Die beiden gingen also zusammen zur Davis Street. Der Eingang zu der Wohnung lag neben einem Laden. Sands öffnete die Tür mit seinem eigenen Schlüssel und ließ Jimmy eintreten.

»Können Sie mir übrigens sagen, ob Miss Leman heute abend zu Hause ist?« fragte er.

»Darüber kann ich Sie genau informieren«, erklärte Jimmy, stolz, daß er auch etwas wußte. »Sie ist heute abend ins Konzert gegangen.«

Er sagte allerdings nicht, daß er ihr das Billett zugesandt hatte, denn das war seine eigene Angelegenheit.

»Ich danke Ihnen vielmals. Es ist vielleicht ganz gut, daß sie nicht zu Hause ist, denn ich fürchte, es wird eine kleine Auseinandersetzung geben, zum mindesten eine unerfreuliche Szene. Wollen Sie einen Augenblick hier warten, während ich zu Mr. Leman hinaufgehe?«

Jimmy nickte.

Er wartete etwas länger als eine Minute; dann kam Sands wieder zu ihm herunter. Zu Jimmys größtem Erstaunen schloß er die Tür.

»Ich weiß nicht, was ich davon halten soll«, sagte Sands. »Leman schläft. Er legt sich allerdings häufig auf das Sofa, und gerade in letzter Zeit habe ich wahrgenommen, daß er gern ein kleines Schläfchen macht, aber es ist das erstemal, daß er nicht aufgestanden ist, wenn ich ins Zimmer kam. Wir wollen noch zehn Minuten warten, dabei kann ich Ihnen ja die Rolle erklären, die ich bei der Angelegenheit gespielt habe. Sie dürfen nicht annehmen, daß ich Sie hätte hinters Licht führen wollen oder daß ich anderen Zeitungsberichterstattern mehr gesagt hätte. Ich interessiere mich im allgemeinen für Mr. Lemans Privatleben durchaus nicht. Allerdings bin ich sein bester Freund. Ich will Ihnen auch nicht die Tatsache vorenthalten, daß diese ganze Heiratsgeschichte nur unternommen wurde, um andere Leute zu enttäuschen – ich meine –«

»Sie meinen Miss Faith – das ist mir vollkommen klar.«

»Es geht mich natürlich nichts an, ob Miss Leman das große Vermögen erbt oder nicht«, fuhr John Sands fort. »Darüber hat nur Mr. Leman selbst zu entscheiden. Ich interessiere mich für Miss Leman nicht weiter; allerdings finde ich sie sehr sympathisch und schätze ihren Charakter. Wenn sich Verwandte nicht verstehen können, ist es viel besser, sich als Außenstehender vollkommen neutral zu verhalten.«

»Ich bin ganz Ihrer Meinung«, pflichtete Jimmy bei. »Glauben Sie, Mr. Sands, ich bin Ihnen dankbar, daß Sie so freundlich zu Miss Leman sind und ein paarmal versucht haben, die schweren Gegensätze zwischen ihr und ihrem Onkel auszugleichen.«

Sie gingen zum Ende der Davis Street. John Sands war sehr nachdenklich, denn er wußte, daß sich noch vor Ende dieses Tages sein ganzes bisher so angenehmes Leben von Grund auf ändern würde. Er haßte jähen Wechsel, Veränderungen und Enthüllungen, und im Augenblick haßte er vor allem die Frau, die ihm mit Bleistift geschriebene Notizen sandte. Sie unterzeichnete mit »Margaret Leman«, und hinter der Unterschrift stand regelmäßig ein Ausrufungszeichen. Plötzlich kam ihm ein Gedanke, als er an einer Telefonzelle vorüberkam.

»Wollen Sie mich einen Augenblick entschuldigen, Mr. Cassidy? Ich muß einmal telefonieren.«

Jimmy schlenderte den Weg zurück, den sie gekommen waren, und während er an einer Straßenecke stehenblieb, konnte er die ganze Davis Street übersehen. Er sah zu der grünen Tür, die zu Harry Lemans Wohnung führte. Schon oft hatte er sie gesehen, und oft träumte er davon, denn hier wohnte das Mädchen, das er liebte. Jimmy war wie Mr. Sands ein unverbesserlicher Träumer, aber plötzlich wurde er zur Wirklichkeit zurückgerufen. Die grüne Tür öffnete sich, und eine Dame trat auf die Straße. Er wußte sofort, daß es nicht Faith sein konnte. Diese Frau war größer und allem Anschein nach auch älter, außerdem schwarz gekleidet. Ein dichter, dunkler Schleier verbarg ihr Gesicht. Sie sah nach links und nach rechts, bog dann nach der entgegengesetzten Seite ab und ging schnell fort. Bevor sie um die Ecke verschwand, blieb sie noch einen Augenblick vor einem Briefkasten stehen.

Er sah deutlich, wie sie die Einwurfklappe hob.

»Das kann doch nicht die Aufwartefrau gewesen sein?« dachte Jimmy, drehte sich um und ging Mr. Sands entgegen.

»So, jetzt wollen wir zum Haus zurückkehren und einmal sehen, ob Mr. Leman inzwischen aufgewacht ist«, sagte Sands in bester Stimmung.

Jimmy sah ihn von der Seite an. Der Gesichtsausdruck des Mannes paßte nicht so recht zu dem heiteren Ton, in dem Sands eben gesprochen hatte. Seine Gedanken waren jedenfalls nicht bei der Unterhaltung.

»Ich möchte Sie etwas fragen, Mr. Sands. Vielleicht können Sie mir Auskunft geben, ohne Ihren Freund Mr. Leman zu verraten«, meinte Jimmy, als sie an der Haustür angekommen waren. »Wäre es möglich, daß ich Mrs. Leman einmal sehen und sprechen könnte?«

»Ach, Sie wollen wissen, wo sie wohnt?« erwiderte Sands und sah ihn sonderbar an. »Die Frage kann ich Ihnen leider nicht beantworten, selbst wenn ich wollte. Sie ist jedenfalls irgendwo in London oder der näheren Umgebung.«

»Ich danke Ihnen«, entgegnete Jimmy ironisch.

Sands nahm seinen Schlüssel und wollte aufschließen, bemerkte aber zu seinem Erstaunen, daß die Tür nicht zugeschlossen war.

»Hallo, habe ich denn nicht eben zugeschlossen, als wir herauskamen?«

»Meiner Meinung nach haben Sie abgeschlossen«, entgegnete Jimmy. »Aber wahrscheinlich hat die Dame die Tür aufgelassen.«

»Die Dame?« fragte Sands schnell. »Welche Dame meinen Sie denn?«

»Während Sie telefonierten, ging ich bis zur Ecke und sah zufällig eine Dame aus der Haustür kommen. Es sind seitdem erst ein paar Minuten vergangen.«

»Was, sie kam aus der Wohnung? Das ist ganz unmöglich!« Sands stieß die Tür auf. »Das ist unglaublich! Die Aufwartefrau ist doch auch nicht zu Hause – die hat doch jeden Donnerstagabend frei. Und Miss Leman ist im Konzert – was für eine Dame soll denn das gewesen sein?«

»Sie war sehr groß und schlank. Die Aufwartefrau war es keinesfalls, dazu war sie viel zu gut gekleidet. Ihr Gesicht habe ich nicht gesehen, weil sie einen dichten Schleier trug.«

»Ich werde vorausgehen«, erwiderte Sands und stieg die Treppe hinauf.

Das große Wohnzimmer, das nach der Straße hinaus lag, war noch ziemlich hell erleuchtet. Als sie eintraten, sahen Sie Harry Leman, der auf dem Sofa lag und den Kopf von der Tür abgewandt hatte.

»Es tut mir leid, Mr. Leman«, sagte John Sands, »aber Mr. Cassidy hat erfahren, daß Sie verheiratet sind.«

Der Millionär antwortete nicht, und John Sands ging zu dem Fenster, unter dem das Sofa stand. Er beugte sich über seinen Freund, um ihm ins Gesicht zu sehen.

»Um Himmels willen!« rief er plötzlich atemlos.

Mit ein paar Schritten stand Jimmy an seiner Seite und erkannte sofort, was geschehen war.

Harry Leman war tot. Sein Gesicht sah aschgrau aus, seine Augen waren weit geöffnet, die Hände wie im Krampf zusammengeballt.

»Holen Sie schnell einen Arzt, Mr. Cassidy!« sagte Sands. »Das ist ja entsetzlich – furchtbar!«

Jimmy hatte sofort viele Einzelheiten im Zimmer überblickt;

als Journalist war er gewohnt, sich schnell zu orientieren. Er sah das Likörglas, das auf dem Boden neben dem Sofa stand, und zog seine Schlußfolgerung daraus. Kaum hatte Sands mit ihm gesprochen, so eilte er auch schon die Treppe hinunter und stand gleich darauf auf der Straße. Glücklicherweise wohnten mehrere Ärzte in der Nähe, und als er die Straße entlangeilte, traf er einen Polizisten, der ihm den nächsten zeigte. Mit dem Beamten und dem Arzt zusammen kehrte er zur Wohnung zurück und fand John Sands unten an der Tür. Die Untersuchung des Arztes dauerte nicht lange.

»Zweifellos ist der alte Herr tot – war er krank?«

John Sands schüttelte den Kopf.

»Soweit ich unterrichtet bin, ist er nicht krank gewesen, ich habe allerdings in letzter Zeit eine Depression bei ihm bemerkt.«

Der Arzt beugte sich über den Verstorbenen und roch an den Lippen.

»Das ist allerdings seltsam«, sagte er und sah sich um.

Dann bückte er sich, nahm das kleine Likörglas vom Boden auf und roch ebenfalls daran.

»Das ist Kognak, und wenn nicht auch Blausäure darin gewesen ist, müßte ich mich sehr irren.«

Er wandte sich an den Polizisten.

»Das müssen Sie sofort Ihrem Vorgesetzten melden.«

»Blausäure!« wiederholte John Sands bestürzt. »Sie wollen doch nicht etwa sagen –«

»Es handelt sich hier sicher um Selbstmord«, erklärte der Arzt. »Es ist ja möglich, daß ich mich täusche, aber der Geruch der Blausäure ist unverkennbar.«

»Das ist doch ganz unglaublich!« rief John Sands verwirrt.

Zwanzig Minuten darauf erschien Inspektor Blessington von Scotland Yard. Es war ein günstiger Zufall, daß diesem Beamten die Bearbeitung des Falles anvertraut wurde, denn er war der einzige Mann in Scotland Yard, den Jimmy Cassidy kannte. Er hob die Augenbrauen, als er den Reporter sah.

»Hallo, Jimmy, Sie sind aber smart, daß Sie schon vor mir zur Stelle sind. Worum handelt es sich denn?«

Er sah zuerst auf den Toten, dann auf John Sands, der mit kurzen Worten erklärte, was vorgefallen war.

»Hat es denn irgendeine Aufregung vorher gegeben? Es ist doch wohl nicht anzunehmen, daß der reiche Mr. Leman Sorgen hatte.«

»Nein, es hat sich nichts Außergewöhnliches ereignet. Natürlich muß ich zugeben, daß eine sehr starke Spannung zwischen ihm und seiner Nichte bestand, aber daran war der alte Herr allein schuld. Ich muß sagen, er war unausstehlich zu ihr. Eigentlich ist es ja kaum notwendig, dieses Zerwürfnis zu erwähnen, aber ich weiß, daß in einem solchen Falle alles gesagt werden muß.«

»Da haben Sie vollkommen recht«, erwiderte der Detektiv. »Wo ist denn die Nichte, die einen Streit mit ihm gehabt hat?«

»Aber hören Sie –«, unterbrach Jimmy die Unterhaltung. »Sie wollen doch nicht etwa behaupten, daß die Unstimmigkeiten zwischen den beiden irgendwelche Bedeutung hatten? Miss Faith Leman hatte doch gar nichts gegen ihren Onkel, Mr. Sands, das müssen Sie doch auch zugeben.«

Wieder zögerte der andere.

»Die Sache war nur einseitig und ging von Mr. Leman aus, obwohl er gar keinen Grund hatte, sich über seine Nichte zu ärgern. Das habe ich ja vorher auch schon festgestellt. Er hat das junge Mädchen derartig gegen sich aufgebracht, daß man es überhaupt nicht verstehen kann. Es war ja menschlich erklärlich, daß sie sich darüber aufregte. Sie werden das begreifen«, wandte sich Sands an den Detektiv. »Mr. Leman ist sehr reich, und Miss Leman ist seine Universalerbin. Mein Freund machte sich einen Scherz daraus, das Mädchen aufzuziehen. Er sagte immer, sie würde seinen Tod herbeisehnen, damit sie sein Geld erben könne. Und wenn man die Sache menschlich betrachtet, wird man auch verstehen, daß es ihr hin und wieder zuviel wurde und daß sie ihm deswegen ihre Meinung sagte. Noch vor ein paar Tagen hat sie erklärt, sie wünschte tatsächlich, daß er tot wäre und all sein Geld mit sich nehmen würde. Ich glaube aber, nachher hat es ihr leid getan, daß sie sich so gehen ließ.«

»Ich verstehe«, entgegnete der Detektiv nachdenklich. »Ist die Dame im Haus?«

»Nein, sie ist in einem Konzert in der Queen's Hall. Wenn Sie es wünschen, werde ich sie holen«, erbot sich Jimmy.

»Das wäre mir sehr lieb«, sagte Blessington.

»Es ist natürlich haarsträubend, daß der Name von Miss Leman in dem Zusammenhang überhaupt erwähnt wird«, erwiderte Jimmy gereizt. »Es ist wahr, daß der alte Mann ihr das Leben schwermachte, wie Mr. Sands sagte, aber es ist nicht wahr, daß sie seine Erbin wird. Wenigstens würde es mich sehr überraschen, wenn er ein Testament zu ihren Gunsten gemacht hätte. Mr. Leman war nämlich verheiratet.«

»Das ist mir aber neu, daß sich der alte Millionär hat trauen lassen«, sagte der Detektiv. »Wo ist denn seine Frau?«

Jimmy schüttelte den Kopf.

»Da müssen Sie Mr. Sands fragen«, entgegnete er und verließ dann das Zimmer.

8

Jimmy fiel es nicht schwer, Faith im Konzertsaal zu finden. In einer Pause trat er kurz entschlossen auf sie zu und nahm sie mit nach draußen. So schonend wie möglich brachte er ihr die Nachricht bei, und doch schien es ein furchtbarer Schlag für sie zu sein. Sie schrak zusammen, und er dachte schon, daß sie ohnmächtig werden würde. Aber sie überwand die Schwäche.

»Das ist ja furchtbar!« sagte sie. »Mein armer, armer Onkel! Aber Jimmy, unmöglich ist es Selbstmord gewesen. Dazu kenne ich ihn viel zu gut.«

»Sagen Sie mir wenigstens das eine, liebe Faith«, erwiderte Jimmy sanft. »Haben Sie sich in letzter Zeit mit Ihrem Onkel gezankt?«

Sie sah ihn erstaunt an.

»Gezankt? Ja, ich hatte vor ein paar Tagen einen kleinen Streit mit ihm.«

Sie zitterte und bedeckte das Gesicht mit den Händen.

»Ach, ich habe so entsetzliche Dinge gesagt – ich schäme mich so sehr!«

Jimmy nahm vorsichtig ihre Hände vom Gesicht.

»Erzählen Sie mir, was Sie ihm gesagt haben, Faith. Haben Sie tatsächlich gesagt, Sie wünschten, daß er tot wäre?«

Die Tränen waren ihr nahe, so daß sie nicht sprechen konnte. Sie nickte nur.

»Dann hat Sands also doch die Wahrheit gesagt!«

Sie erfaßte sofort die Bedeutung seiner Worte.

»Hat man der Polizei denn gesagt, daß ich mich mit ihm gestritten habe? Man glaubt doch nicht etwa – daß ich – es getan habe?«

Jimmy sah sie verstört an, als sie das sagte.

»Um Himmels willen, nein!«

Aber dann blieb er plötzlich stehen. Er hatte zu genaue Kenntnis von den Methoden der Polizei, als daß er sich falschen Hoffnungen hingab. Ein Beamter würde ohne weiteres eine Schuld für Faith zusammenkonstruieren können.

»Ich habe niemals gedacht –«, begann er. »Ach, die Sache ist einfach zu dumm, als daß man darüber redete.«

Und doch fühlte er sich beunruhigt, als er an der Seite des jungen Mädchens zur Wohnung zurückkehrte. Diese Polizeibeamten konnten rücksichtslos sein und wollten vor allem Erfolg haben. Sie mußten einen Schuldigen finden. Wie leicht war es möglich, daß Blessington ihr bei dem Verhör zu nahetrat und sie kränkte. Er kannte diese Verhöre nur zu genau; er hatte die Aufklärung solcher Mordfälle schon mehrmals mitgemacht, und er ließ sich nicht täuschen. Es würde gar nicht leicht für Faith sein, sich von dem Verdacht zu befreien, obwohl es seiner Meinung nach geradezu Wahnsinn war, Miss Leman mit dem Tod ihres Onkels in Verbindung zu bringen.

Als sie die Wohnung erreichten, war der Tote auf Veranlassung des Polizeiinspektors schon fortgeschafft worden. Auch der Doktor hatte sich entfernt. Nur John Sands und der Detektiv waren zurückgeblieben. Faith Leman war bleich, als sie ins Zimmer trat, und Blessington maß sie mit einem Blick von Kopf bis Fuß.

»Das ist Miss Leman«, erklärte Sands.

»Ich habe Sie holen lassen«, wandte sich der Beamte an Faith, »weil Sie die einzige Verwandte des Verstorbenen sind – wenigstens die einzige Verwandte in England. Seine Frau – Sie wußten doch, daß er verheiratet war? – lebt, soviel mir Mr. Sands erzählte, in Paris. Er war mit beiden Ehegatten gut bekannt. Wenn Sie nichts dagegen haben, möchte ich ein paar Fragen an Sie richten.«

Jimmy schob einen Stuhl zurecht, und sie setzte sich.

»Ist Ihr Onkel in der letzten Zeit aufgeregt gewesen?«

»Nein«, entgegnete sie schnell.

»Haben Sie eine Depression an ihm bemerkt?«

»Nein, das könnte ich nicht behaupten. Er war allerdings niemals in guter Stimmung«, sagte sie und lächelte schwach.

»Ja, das habe ich auch gehört. Aber hat er in Ihrer Gegenwart einmal etwas davon gesagt, daß er sich das Leben nehmen wollte? Oder hat er irgendeine andere Bemerkung gemacht, die darauf schließen ließe, daß er sich mit solchen Gedanken trug? Denken

Sie einmal genau nach. Es wäre wichtig, selbst wenn er es nur im Scherz geäußert hätte.«

»Das hat er nie getan, und das wäre auch das letzte, woran ich denken könnte.«

»Hat er nicht Verluste gehabt in der letzten Zeit?«

»Nein. Soweit ich weiß, ist mein Onkel sehr reich, und es würde schon viel dazugehören, daß er das ganze große Vermögen, das er während seines langen Lebens angesammelt hat, verlieren könnte.«

»Kennen Sie dieses Glas?«

Er hielt den kleinen Likörkelch in die Höhe, in dem sich noch ein Rest Kognak befand.

»Ja.«

»Ist es das Glas, das Sie gewöhnlich für Ihren Onkel füllten?«

»Ja. Ich goß jeden Abend zwei Gläser für meinen Onkel ein. Dort steht auch das andere.« Sie zeigte auf das Büfett. »Es ist noch voll.«

»Das habe ich auch schon bemerkt. Können Sie mir dies erklären, Miss Leman? Ihr Onkel hatte die Gewohnheit, immer für Mr. Sands ein Glas einschenken zu lassen, wenn man seinen Besuch erwartete. Hat er das auch bei anderen Leuten getan, die zu ihm kamen?«

»Ja. Wir hatten allerdings nur selten Besuch.«

»Trank Ihr Onkel immer aus demselben Glas, zum Beispiel aus dem, das dem Fenster am nächsten stand? Oder nahm er bald das eine, bald das andere?«

»Mr. Sands kann Ihnen darüber mehr erzählen«, erwiderte sie. »Ich war meistens nicht dabei, wenn er das Glas austrank.“

»Aber Sie wußten jedenfalls, welches der beiden Gläser Ihr Onkel nahm und welches für den Gast bestimmt war?«

»Ja, ich glaube schon.«

Plötzlich erhob sie sich von ihrem Stuhl.

»Was wollen Sie denn eigentlich mit all dem sagen?« fragte sie.

»Ich will gar nichts damit sagen, ich will nur die Wahrheit herausfinden. Seien Sie ruhig, Jimmy.«

Er hob die Hand, um den Protest seines Bekannten gar nicht zum Ausdruck kommen zu lassen.

»Sie interessieren sich ganz besonders für diesen Fall, weil Sie ein Freund von Miss Leman sind. Das verstehe ich sehr gut. Aber Sie wissen auch, Jimmy, daß ich hier meine Pflicht erfüllen muß. Daran läßt sich nichts ändern.«

»Aber die Vermutung, die aus Ihren Worten spricht, ist einfach entsetzlich«, erwiderte Jimmy aufgebracht. »Es ist doch vollständig ausgeschlossen, daß Sie –«

»Ich sagte schon vorher, daß ich keine vorgefaßten Meinungen habe«, erklärte Inspektor Blessington ruhig. »Ich stelle nur einige wichtige Fragen an Miss Leman. Sie hatten also einen Streit mit Ihrem Onkel?«

»Vor ein paar Tagen hatte ich eine kleine Auseinandersetzung mit ihm«, entgegnete sie und sah Sands an. »Später erzählte ich es diesem Herrn.«

Sands nickte bedächtig.

»Ja, das stimmt. Ich habe es ja bereits erwähnt und auch gesagt, wie die Verhältnisse hier im Haus lagen und wie unangenehm Ihr Onkel manchmal zu Ihnen sein konnte.«

»Heute abend sind Sie zum Konzert gegangen. Haben Sie vorher noch die beiden Gläser eingeschenkt?«

»Ja.«

»Sie wußten, daß Mr. Sands kommen würde?«

»Ja, das hat mir mein Onkel gesagt. Er erwähnte auch, daß er eine wichtige Sache mit ihm zu besprechen hätte. Als ich ihm erzählte, daß ich ins Konzert ginge, schien er sehr damit einverstanden zu sein. Ja, er sagte sogar, daß es ihm lieb sei, wenn ich das Haus recht bald verließe.«

»Wann begann denn das Konzert?«

»Um halb acht.«

»Und soviel ich verstehe, wollte er Mr. Sands um acht Uhr treffen. Dann haben Sie wohl um Viertel nach sieben das Haus verlassen?«

Sie schüttelte den Kopf.

»Nein. Er bat mich merkwürdigerweise, schon um halb sieben zu gehen.«

»Hat er Ihnen sonst noch etwas gesagt?«

»Ja, er gab mir den Auftrag, Schreibmaterial auf den Tisch zu legen. Dort ist es auch noch.« Sie zeigte auf einen Block Schreibpapier und einen Bleistift.

Blessington machte ein paar Notizen und wandte sich dann an John Sands.

»Sie haben mir vorhin gesagt, daß Mrs. Leman in Paris lebt. Hat sie sich nach ihrer Trauung immer dort aufgehalten?«

»Ja, soweit ich informiert bin.«

»Standen Sie mit ihr in Verbindung?«

John zögerte einen Augenblick.

»Ich brauche schließlich kein Geheimnis daraus zu machen«, meinte er dann. »Ja, ich stand mit ihr in Briefwechsel. Mr. Harry Leman heiratete diese Dame, aber gleich nach der Trennung trennten sie sich. Ich hatte von ihm den Auftrag erhalten, ihr monatlich eine gewisse Summe zu senden, und ich muß sagen, daß Mr. Leman in der Beziehung sehr großzügig war.«

»Haben Sie die Dame selbst gesehen?«

»Ja, einmal. Sie fuhr nach England und blieb kurze Zeit hier, aber merkwürdigerweise kam sie nicht mit ihrem Mann zusammen.«

Der Detektiv nickte.

»Ich möchte sie gern sprechen. Schreiben Sie der Dame, und sobald sie in London ankommt, verständigen Sie mich bitte.«

Er schlug sein Notizbuch zu und steckte es in die Tasche. »Soweit ich den Fall bis jetzt beurteilen kann, sieht es so aus, als ob sich Mr. Leman selbst das Leben genommen habe. Aber ich muß die Sache noch eingehender untersuchen, um bei der Totenschau genauere Angaben machen zu können.«

Er sah Faith freundlich an.

»Wo kann ich Sie erreichen, Miss Leman, wenn ich mich mit Ihnen in Verbindung setzen will?«

Sie schüttelte hilflos den Kopf.

»Das kann ich Ihnen noch nicht sagen.«

»Haben Sie keine Freunde in London?«

Sie sah Jimmy an.

»Ich habe keine Freundinnen, aber vielleicht kann Mr. Cassidy mir helfen. Ich glaube, ich gehe am besten in ein Hotel.«

»Ganz richtig«, mischte sich Jimmy sofort ein. »Kommen Sie doch zu meinem Hotel mit. Es wohnen ein paar Amerikanerinnen dort, die sich sicherlich gern Ihrer annehmen werden. Sie kennen doch das Hotel Magnificent? Blessington, unter dieser Adresse können Sie Miss Leman erreichen.«

»Dann wäre ja alles in Ordnung«, erklärte der Detektiv beruhigt. »Also, Jimmy, begleiten Sie die Dame zum Hotel und kommen Sie dann wieder hierher zurück. Ich werde zunächst einmal Scotland Yard telefonisch benachrichtigen. Wenn Sie zurückkommen, treffen Sie mich wieder hier an.«

Als Jimmy wieder erschien, fand er Inspektor Blessington allein im Haus. Mr. Sands war in heller Aufregung fortgegangen, um sich mit Paris in Verbindung zu setzen.

»Also, Jimmy«, begann Blessington, »das ist ja ein sonderbarer Fall.«

»Ja, in mancher Beziehung ... Sagen Sie, haben Sie etwa die junge Dame in Verdacht?«

Der Inspektor lächelte.

»Ich habe schon viele Leute in Verdacht gehabt, die noch viel weniger mit einem Verbrechen in Verbindung zu stehen schienen. Ich weiß wohl, Jimmy, die Sache ist für Sie sehr schwer, aber ich fürchte –«

»Ich liebe Faith Leman«, erklärte Jimmy mit aller Bestimmtheit. »Sie bedeutet für mich alles.«

»Das dachte ich mir. In mancher Beziehung sieht es böse für sie aus, andererseits glaube ich nicht, daß sie etwas damit zu tun hat. Verwandte streiten sich fast jeden Tag, ohne daß sie sich gegenseitig die Kehle durchschneiden. Wenn dies aber ein Mord sein sollte, dann ist er sehr kaltblütig überlegt worden. Es wäre die Tat eines Menschen mit verbrecherischem Charakter. Und Mörder sind im allgemeinen keine Verbrecher.«

Jimmy lächelte.

»Glauben Sie das vielleicht nicht?« fragte der Detektiv.

»Ich mußte eben an mein großes Werk denken, bei dessen Abfassung ich vor ein paar Tagen unterbrochen wurde. Ich habe darin nahezu dieselben Worte gebraucht, die Sie eben äußerten. Nein, ich bin vollkommen mit Ihnen einverstanden, wenn Sie sagen, daß Mörder eigentlich keine Verbrecher sind. Ich gebe Ihnen auch recht, wenn sie annehmen, daß dies kein zufälliger Mord war, der im Affekt geschehen ist. Ein Mann, der in der Erregung einen anderen niederschießt, bereut seine Tat, wenn er wieder ruhiger geworden ist. Aber wie kommen Sie darauf, daß es sich hier um einen Mord handelt?«

Blessington sah ihn neugierig an.

»Aber Jimmy, sagen Sie doch selbst einmal offen, kann dies ein Selbstmord sein? Sie kennen Kriminalfälle doch ebensogut wie ich. Ich nehme an, daß Sie schon mindestens ein Dutzend in Ihrer Zeitung bearbeitet haben, und sicher an die fünfzig Selbstmorde. Ich frage Sie jetzt nach Ihrem objektiven Urteil – kann dies ein Selbstmord sein?«

Jimmy schwieg.

»Sicher ist die Sache ungewöhnlich und seltsam«, gab er schließlich zu. »Das Sonderbarste an dem Fall ist der Umstand, daß der alte Mann allein sein wollte, und zwar noch anderthalb Stunden vor Sands' Ankunft. Ja, warum ...? Jetzt fällt es mir ein! Er wollte natürlich die Frau treffen!«

»Was soll das heißen?« fragte der Detektiv.

»Passen Sie auf«, entgegnete Jimmy schnell. »Nachdem Sands hier die Wohnung betreten und Mr. Leman schlafend gefunden hatte, gingen wir noch kurze Zeit auf die Straße. Während er telefonierte, beobachtete ich den Eingang des Hauses und sah, daß eine Dame aus der Tür kam. Sie war ziemlich elegant gekleidet und hatte eine außergewöhnlich graziöse Haltung. Ihr Gesicht konnte ich nicht sehen, da sie dicht verschleiert war. Das fiel mir gleich auf, denn hier in England tragen selbst Leute in Trauer keine dichten Schleier.«

»Wie lange hat sie hier draußen vor der Tür gestanden?«

»Sie zögerte nur kurz, dann wandte sie sich um und ging zum Berkeley Square hinunter. Nachher verlor ich sie aus den Augen.«

»Hat sonst noch jemand die Dame gesehen?«

»Nein. Sands war in einen Laden getreten, um zu telefonieren. Aber als er herauskam, sagte ich es ihm, und als Bestätigung meiner Beobachtung fanden wir, daß die Tür nur angelehnt war.«

»Das ist allerdings wichtig. Ich wünschte, Sie hätten mir das schon vorher gesagt. Sind Sie Ihrer Sache auch vollkommen sicher?«

»Ja.«

Blessington ging im Zimmer auf und ab. Die Hände hatte er in den Taschen vergraben.

»Knipsen Sie alle Lampen an. Wir wollen nachschauen, ob wir im Zimmer etwas finden können.«

Zunächst untersuchten sie den Fußboden, dann schoben sie Sofa und Büfett von der Wand. Aber sie fanden keinen Anhaltspunkt für den plötzlichen und geheimnisvollen Tod Harry Lemans.

»Dort geht es zum Schlafzimmer«, sagte der Detektiv und zeigte auf eine Tür, die hinter dem Kopfende des Sofas lag. »Ich habe zunächst einmal eine oberflächliche Untersuchung des Raumes vorgenommen, aber nichts entdecken können.«

»Haben Sie in den Kleidern des Toten nichts gefunden?«

»Nichts, was der Mühe wert gewesen wäre«, entgegnete Blessington.

»Hat das Papier denn nichts zu sagen?« fragte Jimmy, zeigte

auf einen größeren Zettel, der halb in der Rücklehne des Sofas steckte, und zog ihn heraus. Das Papier war mit Bleistift beschrieben.

»Sehen Sie, das stammt von dem Schreibblock, den Miss Faith auf den Tisch legte. Wahrscheinlich hat er auf dem Block immer seine Notizen gemacht.«

Blessington faltete das Papier auseinander, strich es glatt und hielt es an die Lampe.

»Kennen Sie Lemans Handschrift?«

»Ja, ich habe seine Schriftzüge häufig gesehen. Er hat mir sogar die Geschichten, die von ihm handelten, kurz notiert.«

Jimmy sah über Blessingtons Schulter und las:

»Suevic: Plymouth; 30. April.«

Darunter stand »100«; das war ausgestrichen und »300« darübergeschrieben. Dann kamen noch einige Worte: »Eingeschriebener Brief zu Händen des Zahlmeisters.« Darunter: »Bank von Australien 24. Juni, 25. September usw.« Es folgten noch ein paar Zahlen, die ebenfalls ausgestrichen waren. Und zum Schluß war zu lesen: »C. P. 1 – 17941 – 20 – Gift.«

»Können Sie etwas daraus entnehmen, Jimmy? Die Sache sieht immer sonderbarer aus.«

Blessington nahm den Schreibblock, der auf dem Tisch lag, und trug ihn auch zum Fenster.

»Der Zettel ist heute geschrieben worden. Sehen Sie doch einmal die Spuren im Papier, die durch den Druck des Bleistifts entstanden sind. Das ist drüben auf dem Tisch geschrieben worden, bevor die Dame ging und Sands kam. Das ist allerdings eine sehr wichtige Entdeckung. Was sagen Sie dazu, Jimmy?«

»Er muß mit jemand gesprochen haben – wahrscheinlich mit der Dame, die ich beobachtete. Ich weiß, daß der alte Leman so ähnliche Notizen machte.«

»Könnten sich diese Angabe auch auf seine Geschäfte beziehen?«

Jimmy schüttelte den Kopf.

»Es sieht so aus, als ob er sich diese Notizen machte, um sie später zu benützen.«

Blessington faltete das Papier zusammen und steckte es in seine Tasche.

»Nun wollen wir uns einmal die Likörgläser ansehen.«

Er trug den kleinen Kelch wieder ans Licht und hielt ihn vorsichtig zwischen zwei Fingerspitzen am Stiel.

»Hoffentlich können wir ein paar Fingerabdrücke daran feststellen, aber das wird uns auch nicht viel helfen, denn es werden wahrscheinlich die Fingerabdrücke von Miss Leman sein, die die Gläser füllte. Können Sie sonst noch etwas daran entdecken?«

»Ja«, sagte Jimmy nachdenklich. »Jemand hat aus dem anderen Glas getrunken.«

»Das glaube ich auch. Jemand hat daran genippt, man kann es deutlich am oberen Rand sehen. Die Unterlippe hat sich auf dem geschliffenen Kristall markiert. Ich möchte jetzt das Verbrechen einmal rekonstruieren, so gut es geht: Der alte Mann hat einen Besuch empfangen, und dieser Besuch war ihm so wichtig, oder er hatte derartig geheime Dinge zu besprechen, daß er seine Nichte fortschickte, bevor die betreffende Person kam. Die beiden haben sich dann eine Zeitlang unterhalten, und aus Gründen, die nur der Dame bekannt sind, hat sie das Gift in das Glas Mr. Lemans gegossen und es ihm gereicht. Und daraufhin ist er gestorben.«

»Ihre Theorie ist ganz gut, nur in einem Punkt stimmt sie nicht. Aber wir müssen erst noch ein paar andere Fragen klären. Wie lange dauerte es, bis das Gift den Tod herbeiführte?«

»Ich habe den Arzt danach gefragt. Er sagte, daß vier Sekunden bei einer Vergiftung mit Blausäure genügten. Wenn die andere Annahme richtig ist, saß der Alte am Schreibtisch und schrieb. Man kann kaum annehmen, daß er während einer wichtigen Unterhaltung mit einer Dame auf dem Sofa lag.«

»Daher müßte man auch vermuten, daß er sofort auf den Fußboden niederstürzte, nachdem er das Gift getrunken hatte. Dem widersprechen aber die Tatsachen. Wir haben ihn nicht auf dem Boden gefunden, sondern auf dem Sofa.«

»Da haben Sie recht. Aber es wäre doch möglich gewesen, daß er auf dem Sofa gelegen hätte, als sie ihm das Glas reichte – und das Glas stand doch am Kopfende des Sofas.«

»Dann kann ich es mir nicht anders erklären, als daß der Besucher sehr gut mit Mr. Leman bekannt und vertraut war«, meinte Jimmy.

»Als Sie mit Miss Leman zum Hotel gingen, wußte ich noch nichts von diesem geheimnisvollen Damenbesuch. Ich stellte ein paar Nachforschungen an und gewann daraus den Eindruck, daß zwischen halb sieben und zehn Minuten nach acht niemand hier im Haus gewesen ist. Zu diesem Zeitpunkt kamen Sie doch mit John Sands hierher?«

Jimmy nickte.

»Aber Sie können doch die Anwesenheit der Dame nicht außer acht lassen.«

Ein anderer Beamter von Scotland Yard kam in diesem Augenblick und brachte die nötigen Akten.

»Ich will erst einmal die ganze Wohnung durchsuchen«, sagte der Polizeiinspektor und ging durch die fünf Zimmer, die Leman und seine Nichte bewohnt hatten. Auf der Schwelle des letzten Raumes blieb er stehen – es war das Zimmer Faiths.

»Ich muß auch dieses Zimmer durchsuchen«, sagte er.

Jimmy nickte.

Für ihn war es nahezu ein Verbrechen, daß ein Polizist dieses Allerheiligste durchsuchen wollte, aber er wußte, daß ein Protest keinen Zweck hatte. Blessington beendete seine Untersuchung rasch. Schließlich kam er noch zu dem kleinen Schreibtisch, in dem Faith ein paar Schmuckstücke aufbewahrte.

Unter einem Haufen von Taschentüchern fand er einen kleinen Kasten aus Zedernholz, in dem ein Fläschchen mit einer farblosen Flüssigkeit lag.

»Was ist denn das?«

Er nahm den Korken ab, roch daran und sah dann verstört auf.

»Verdammt!«

»Was ist denn los?« fragte Jimmy.

»Das kann nichts anderes als Blausäure sein – es riecht nach bitteren Mandeln.« Der Detektiv prüfte es noch einmal.

»Das müssen wir untersuchen lassen. Und wenn dieses Fläschchen tatsächlich Blausäure enthält, Jimmy, dann bleibt mir nichts anderes übrig, als Miss Leman heute abend noch zu verhaften.«

9

Es war zwei Uhr morgens, als John Sands zur Haustür ging, weil es draußen heftig pochte. Als er verschlafen öffnete, stand Jimmy Cassidy vor ihm, der sehr elend aussah.

»Treten Sie näher. Was ist denn geschehen? Sie sehen ja aus, als ob es Ihnen recht schlecht ginge.“

»Sie haben sie verhaftet«, erwiderte Jimmy heiser. »Ist das nicht furchtbar?«

»Wen haben sie verhaftet?«

»Wen? Miss Leman! Und nur Sie allein sind daran schuld. Warum mußten Sie auch Blessington sagen, daß die beiden miteinander gestritten haben? Warum wollten Sie denn durchaus Miss Faith in Unannehmlichkeiten bringen?«

»Sie sind ja ganz von Sinnen und so aufgeregt, daß Sie nicht mehr klar denken können. Hier, trinken Sie ein Glas Wein.«

»Nein, danke.«

Jimmy schob das Glas beiseite.

»Ich will Ihren Wein nicht, ich will auch nicht, daß Sie mich beruhigen, Sands. Ich weiß sehr wohl, was hier vorgegangen ist, ich sehe vollkommen klar. In meinem Beruf haben wir keinen Respekt vor der Ehrbarkeit irgendwelcher Leute. Obwohl Sie immer taten, als ob Sie uninteressiert wären, wissen Sie etwas, und ich gehe nicht eher, als bis Sie es mir gesagt haben. Wer war diese Frau?«

»Ich weiß ja noch gar nicht, von welcher Frau Sie sprechen«, entgegnete John Sands geduldig. »Aber ich glaube, daß Sie die Dame meinen, die Sie aus der Wohnung kommen sahen. Übrigens haben nur Sie die Frau gesehen.«

»Aber die Tür war offen, das können Sie doch nicht abstreiten«, erwiderte Jimmy.

Einen Augenblick stutzte John Sands.

»Das stimmt allerdings«, sagte er dann, »daran hatte ich nicht gedacht. Niemand hat die Tür aufgelassen, und ich kann mir nicht denken, daß ich es gewesen sein sollte.«

»Nein, Sie haben sie wieder zugeschlossen, das habe ich deutlich gesehen. Übrigens habe ich auch das Schloß genau untersucht, bevor ich am Abend das Haus verließ. Es ist ein Yale-Schloß. Verzeihen Sie, wenn ich ein wenig kritisch bin, aber mich hat die ganze Sache furchtbar aufgeregt. Ich weiß ja, daß Sie keine bösen Absichten hatten, aber ich sorge mich so sehr um Miss Leman.«

Mr. Sands legte teilnahmsvoll die Hand auf Jimmys Schulter.

»Ich kann mir sehr gut vorstellen, wie Sie sich fühlen.«

»Aber Sie haben sich ja verletzt!« bemerkte Jimmy plötzlich.

»Ach, das ist weiter nichts. Ich habe mich heute abend ein wenig gestoßen ... Doch ich will lieber gleich die Wahrheit sagen. Es ist nicht so schlimm, aber ich dachte, es wäre besser, wenn ich einen Verband anlegte, denn ich bin gebissen worden.«

»Wer hat Sie denn gebissen?«

»Ein Hund. Merkwürdig, nicht? Das Fenster meiner Speisekammer stand offen, er sprang herein, und als ich dazukam, griff er mich an.«

»Aber Sie sind auch im Gesicht zerkratzt.«

»Sie sehen aber auch alles«, sagte Sands jetzt ungeduldig. »Ich habe mich beim Rasieren geschnitten. Um aber auf Miss Leman zurückzukommen: Glauben Sie mir, ich werde mir alle Mühe geben, ihr zu helfen. Sie können sich auf mich verlassen, und wenn Geld notwendig ist für ihre Verteidigung – ich bin zwar kein reicher Mann, aber ich weiß, daß mein Freund Harry Leman das auch getan hätte, und ich fühle mich dazu verpflichtet. Im Grunde genommen hatte der alte Leman ein gutes Herz, und seine Unfreundlichkeit war nur angenommen. Ich weiß ganz genau, daß er trotz all seiner äußeren Gehässigkeit seine Nichte sehr gern hatte und sogar stolz auf sie war.«

Er sprach ernst, und seine Stimme klang überzeugend.

»Ich selbst zweifle keinen Augenblick daran, daß sie unschuldig ist. Ich kann mir nicht vorstellen, daß sie ein so schreckliches Verbrechen begangen hat. Ja, ich weiß, daß sie es nicht getan hat – wenn es sich überhaupt um ein Verbrechen handelt.«

»Halten Sie es für einen Mord?« fragte Jimmy, der plötzlich ruhig geworden war.

»Ich möchte es bezweifeln. Leman war ein ganz eigentümlicher Charakter. Man konnte ihn beim besten Willen nicht für normal halten. Es gab Augenblicke, in denen er halb und halb den Verstand verloren hatte, und ein solcher Mann kann eventuell auch Selbstmord begangen haben. Ich kann mich besinnen, daß er zuweilen außerordentlich deprimiert war. Er ärgerte sich über Kleinigkeiten. Ein Mann, der ein so großes Vermögen besitzt, würde sich doch nicht darüber aufregen, wenn seine Aktien an der Börse um ein paar Punkte fallen! Wie schwierig war er immer, wenn seine Spekulationen nicht genau nach seinen Erwartungen verliefen! Aber Sie haben mir noch nichts Genaueres von der Verhaftung Miss Lemans erzählt.«

Jimmy antwortete nicht gleich. Er nahm sein Etui heraus und steckte sich eine Zigarette an.

»Miss Leman wurde von Blessington verhaftet, weil er eine kleine Flasche mit Blausäure in ihrem Schreibtisch fand.«

»Hat sie erklärt, wie sie in den Besitz der Flasche kam?«

»Sie hat gesagt, daß sie ihr per Post zugeschickt wurde. Ihrer

Angabe nach war das Fläschchen in einem Reklamezettel eingewickelt, der einen Fleckenreiniger empfahl. Der Inspektor hat gleich bei dem nächsten Drogengeschäft angefragt und festgestellt, daß das Reinigungsmittel, das in dem gedruckten Handzettel empfohlen wurde, weit verbreitet ist. Aber der Drogist zeigte Blessington eine Probe davon, die dunkelbraun und nicht im mindesten so aussah wie die Flüssigkeit in Miss Lemans Schreibtisch. Daraufhin hat sich die Polizei entschlossen, Miss Leman zu verhaften. Vor einer halben Stunde ist sie auf der Polizeistation in der Bow Street eingeliefert worden.«

Jimmy gab sich alle Mühe, ruhig zu sprechen, aber seine Stimme zitterte doch leicht.

Mr. Sands schüttelte den Kopf.

»Ein außerordentlicher Fall. Sagen Sie mir nur das eine: Hat irgendeine Frau Veranlassung, auf Miss Leman eifersüchtig zu sein?«

Jimmy sah ihn erstaunt an.

»Wie meinen Sie das? Soviel ich weiß, kennt sie weiter keine Damen.«

Plötzlich störte ein schrecklicher Laut die Unterhaltung, ein jammervolles Stöhnen, als ob jemand entsetzliche Schmerzen ausstände. Es schwoll zu einem langanhaltenden, markdurchdringenden Schrei an, dann herrschte wieder tiefe Stille.

Die beiden sahen einander an.

»Was mag das gewesen sein?« fragte Jimmy, der bleich geworden war.

»Ach, das war nur meine Lieblingskatze«, erklärte Sands und lächelte ruhig, »manchmal, wenn ich in meinem Zimmer sitze und lese, fängt dieses Biest derartig zu heulen an, daß ich ganz nervös werde. Sie haben das Tier wohl noch nicht gesehen?« fragte er scherzend. »Aber wir kommen ganz von unserem ersten Thema ab. Wenn uns das Vieh noch einmal stören sollte, dann jage ich es aus dem Haus.«

Jimmy setzte sich und nahm mit zitternder Hand die Zigarette aus dem Mund. Sands war hinausgegangen, um das Tier zu beruhigen. Jimmy hörte, wie die Tür geöffnet und geschlossen wurde, dann ein leichtes Aufschlagen. Nach kurzer Zeit kam John Sands wieder zurück.

»Es tut mir leid, aber so etwas geht mir auf die Nerven. Besonders Sie müssen darunter leiden, weil Sie es nicht gewöhnt sind.«

»Es sieht fast so aus, als ob Sie heute im Krieg gewesen wären, Katzen bei Nacht und Hunde am Tag!«

Sands lachte.

»Ja, ich führe tatsächlich ein Hundeleben«, meinte er dann. »Es wäre besser, wenn wir einen kleinen Spaziergang machten. Ich werde Sie ein Stück begleiten, in der freien Luft kann man besser denken. Ich bin noch zu aufgeregt, um schlafen zu können.«

Sie gingen also zusammen durch die verlassenen Straßen. Sands sprach unaufhörlich und brachte die seltsamsten Theorien vor.

»Es tut mir furchtbar leid, daß ich in die ganze Affäre gegen meinen Willen hineingezogen worden bin. Ich möchte Ihnen ganz offen sagen, was ich über die Sache denke, Cassidy. Sie sind ein Zeitungsmann und werden sich wahrscheinlich genauer mit all den Leuten zu befassen haben, die irgendwie mit dem traurigen Fall zu tun haben. Es ist nur natürlich, daß Leute in Verdacht kommen und daß man sich überlegt, welche Motive die einzelnen gehabt haben könnten, um ein solches Verbrechen zu begehen. Wenn ich eben sagte, es ist nur natürlich, so meine ich damit, daß gerechterweise etwas geschehen muß. Ich selbst würde mich in diesem Fall auch nicht ausnehmen. Eigentlich kannte ich Harry Leman sehr gut. Ich weiß nicht, ob Sie erfahren haben, daß ich seine Bekanntschaft auf einer Dampferfahrt von New York nach England machte? Wir wurden bald Freunde. Ja, ich glaube, ich war der einzige Freund, den er in London hatte, und ich gebe gern zu, daß ich diese Bekanntschaft pflegte. Ich dachte, früher oder später könnte er mir einmal einen Gefallen tun. In den Vereinigten Staaten habe ich ein Geschäft, das in der letzten Zeit nicht besonders gut gegangen ist. Im großen ganzen bin ich kein Kaufmann. Ich interessiere mich nur so weit dafür, als die Firma das nötige Geld für meinen Lebensunterhalt abwirft. Aber zu meinem Bedauern hat sich mein Einkommen nach und nach immer mehr verringert. Das hat seinen Grund darin, daß ich mit anderen Firmen konkurrieren muß, die denselben Artikel herstellen. Diese haben modernere, wirtschaftlichere und billigere Arbeitsmethoden als ich. Schon vor zwei Jahren erkannte ich, daß es notwendig war, den Betrieb meiner Fabrik zu reorganisieren und vor allem neues Betriebskapital zu beschaffen. Aber Sie wissen ja selbst, daß die Kapitalisten sehr vorsichtig sind, wenn nicht der Betreffende, der das

Geld benötigt, als ein tüchtiger Arbeiter oder genialer Organisator bekannt ist. Man erwartet heute von dem Inhaber einer Firma, daß er sich selbst geschäftlich betätigt. Das entspricht aber durchaus nicht meinem Lebensideal. Ich hoffte, daß mein armer verstorbener Freund Harry Leman mir in diesem Punkt helfen würde. Neulich abends erzählte ich ihm von meiner bedrängten Lage und erwähnte dabei auch, daß er mir beistehen könnte. Ich erinnerte ihn daran, daß ich schon so lange mit ihm verkehre und vor allem, daß ich ihm eine Frau beschafft hätte, mit der ich die Korrespondenz für ihn führte. Schließlich nannte ich auch die Summe, die ich brauchte, und er versprach, mir zu schreiben. Heute nachmittag erhielt ich nun seinen Brief. Er schickte ihn mir per Eilboten zu und bat mich, heute abend um acht zu kommen, weil er die Sache mit mir besprechen wollte. Sie können wohl verstehen, Mr. Cassidy, daß es für mich eine ernste Angelegenheit war, wenn Mr. Leman mir seine Hilfe versagte. In diesem Fall war es klar, daß ich nach Amerika fahren und selbst wieder mitarbeiten mußte. Und ich hatte das unangenehme Gefühl, daß Mr. Leman meinen Wunsch nicht erfüllen würde.«

»Ich kann mir schon denken, wie Ihnen zumute ist«, erwiderte Jimmy.

»Vor achtzehn Monaten machte ich Mr. Leman den Vorschlag, eine Dame zu heiraten, die ihm weiter keine Schwierigkeiten bereiten würde. Er sollte gleich bei der Trauung die Bedingung stellen, daß sie ihn vollkommen in Ruhe ließe und im Ausland lebte. Vorher hatte er mir ständig vorgejammert, daß er viel Schwierigkeiten mit seinen Verwandten hätte und sie enterben wollte. Zuerst wollte er von meinem Vorschlag nichts wissen, aber schließlich gab er seine Zustimmung, und so kam es dazu, daß er sich trauen ließ. Ich hatte die Bekanntschaft einer wirklich sehr angenehmen Dame gemacht, die für die ihr zugedachte Rolle paßte. Die Hochzeit wurde in einer kleinen Hafenstadt gefeiert, wie Sie ja wissen. Sie müssen verstehen, daß ich Ihnen genau erklären will, welche Rolle ich bei dieser Trauung gespielt habe. Ich hatte kein Interesse an der Sache, sondern wollte nur Mr. Leman behilflich sein, um ihn mir zu verpflichten –«

»Das verstehe ich alles«, entgegnete Jimmy gelangweilt. »Aber offen gestanden, Mr. Sands, im Augenblick bin ich weniger an Ihren persönlichen Verhältnissen interessiert als an dem Schicksal und der Zukunft meiner armen Faith. Ich sage Ihnen, ich könnte die ganze Polizeistation auseinanderreißen – ich weiß wohl, daß es verrückt von mir ist, so etwas zu sagen. Aber es ist doch ein Wahnsinn, daß Miss Leman den Mord begangen haben soll! – Können Sie mir nicht irgendwie helfen, Mr. Sands? Sie sind doch ein einflußreicher Mann. Wenn sie morgen vor den Richter kommen sollte –«

»Sie kommt doch morgen höchstens vor das Polizeigericht.«

»Das ist doch ganz gleich«, erwiderte Jimmy ungeduldig. »Können Sie denn nicht Ihren Einfluß geltend machen, damit sie freigelassen wird?«

Mr. Sands schüttelte den Kopf.

»Das bezweifle ich sehr stark. Die Polizei hat die Sache in die Hand genommen, und die ist unbestechlich. Allem Anschein nach hat man so viel Beweismaterial gegen sie gesammelt, daß morgen sofort die Eröffnung des Prozesses beschlossen werden wird.«

Jimmy blieb plötzlich stehen.

»Aber vielleicht könnte Mrs. Leman helfen!« sagte er dann ruhig.

John Sands schwieg verhältnismäßig lange.

»Mrs. Leman wird wahrscheinlich überhaupt nicht in die Lage kommen, ihre Aussage zu machen«, erklärte er schließlich. »Sie ist augenblicklich in Frankreich und kann unmöglich etwas über die näheren Umständes des Falles aussagen.«

»Mrs. Leman war aber gestern in der Davis Street. Sie war die Frau, die den Millionär um halb sieben aufsuchen wollte. Weil er ihren Besuch erwartete, schickte er seine Nichte fort. Die Frau muß bis acht Uhr bei ihm geblieben sein. Ich habe sie doch aus der Tür kommen sehen.«

Wieder folgte ein längeres Schweigen.

»Sie irren sich«, begann Sands dann wieder. »Wenn Sie sagen, Sie haben eine Dame gesehen, muß ich Ihnen das glauben. Aber es kann unmöglich Mrs. Leman gewesen sein. Ich will noch weitergehen. Ich bin sogar sehr befriedigt, daß jemand zu der Zeit im Haus war, von dem wir bisher noch nichts Genaueres wissen. Es wäre ja möglich, daß diese Person uns Aufklärung geben könnte über die näheren Einzelheiten und Gründe dieses traurigen Ereignisses. Aber ich muß noch einmal eindringlich wiederholen, daß es unmöglich Mrs. Leman gewesen sein kann.«

Er dachte einen Augenblick nach und schüttelte dann den Kopf.

»Nein, sie ist es bestimmt nicht gewesen«, erklärte er noch einmal.

Seine Haltung war merkwürdig deprimiert. Aber plötzlich richtete er sich wieder auf und nahm sich zusammen.

»Ich will Ihnen soviel helfen, wie ich nur kann. Morgen um zehn Uhr werde ich auch im Verhandlungssaal erscheinen. Sie können meinem Rechtsanwalt Hackett in Temple Yard den Auftrag geben, die Verteidigung Miss Lemans zu führen.«

»Ich habe das alles schon geordnet«, erklärte Jimmy. »Aber trotzdem danke ich Ihnen. Ich werde Sie also bei der Verhandlung sehen? Aber kann man ihr sonst nicht helfen? Wäre es nicht möglich, sie gegen Bürgschaft aus der Haft zu befreien?«

Sands schüttelte den Kopf.

»Ich fürchte, das kommt gar nicht in Frage. Wenn es sich um eine so schwere Anklage handelt, ist es unmöglich, den Angeklagten gegen Bürgschaft auf freien Fuß zu setzen. Das ist vollständig ausgeschlossen.«

Er gab Cassidy die Hand, wandte sich um und ging fort.

Jimmy beobachtete ihn, bis er fast außer Sicht gekommen war, dann folgte er ihm.

10

Er ließ Sands viel Zeit, denn er brauchte selbst Ruhe, um seinen Plan auszudenken. So kam er zur Charles Street, aber nicht auf dem direkten, geraden Weg, sondern in einem großen Kreis. Er ging in die kleine Hinterstraße, die an der Rückseite der großen Häuser entlangführte. Manche hatten einen direkten Zugang von dort aus, zum Beispiel das Haus von John Sands.

Es dauerte einige Zeit, bis Jimmy seinen Plan zur Ausführung bringen konnte, weil plötzlich ein verspätetes Auto in die kleine Nebenstraße einbog, und es verging noch eine halbe Stunde, bis der Chauffeur alles in Ordnung gebracht hatte und die Garage wieder abschloß.

Die Mauer, die das Grundstück auf der Hinterseite umgab, war über zweieinhalb Meter hoch und oben mit Glasscherben besetzt. Aber etwas weiter die Straße hinunter schloß sich daran eine andere Mauer an, deren Oberfläche glatt war. Jimmy sprang, so hoch er konnte, und es gelang ihm, die Oberkante mit den Händen zu erreichen. Dann zog er sich hinauf und saß bald rittlings oben. Auf der anderen Seite stand ein niedriger Schuppen für Fahrräder, der allerdings zum Nachbarhaus gehörte. Jimmy ging auf der Trennungsmauer zwischen beiden Häusern entlang und sprang dann herunter. Als er ein paar Schritte gegangen war, befand er sich auf einem mit großen Steinen ausgelegten Hof, von dem aus eine kleine Seitentür ins Innere des Hauses von John Sands führte. Daneben lag ein großes, mit schweren Eisengittern versehenes Fenster. Zu seinen Füßen sah er ein Gitter, das allem Anschein nach die Entlüftungsanlage des Kellers verschloß. Er versuchte vorsichtig, die Tür zu öffnen, und zu seinem größten Erstaunen gab sie dem Druck seiner Hand sofort nach. Entweder hatte Mr. Sands selbst vergessen, sie zu schließen, oder irgendein Dienstbote war nachlässig gewesen. Jimmy befand sich nun in einem Gang. Auf der einen Seite lag die Küche, auf der anderen das Wohnzimmer. Er blieb stehen, zog seine Schuhe aus und überlegte sich, welche Erklärung er geben sollte, wenn Mr. Sands ihn als Einbrecher in seinem Haus vorfand.

Er selbst wußte nicht, was er hier zu finden hoffte, aber er war fest davon überzeugt, daß er Anhaltspunkte entdecken würde, durch die er schließlich Faith Leman aus dem Gefängnis befreien konnte. Jimmy hatte bei der Zeitung stets die Berichte über die Kriminalfälle und Kriminalprozesse geschrieben, und es war ihm verschiedene Male gelungen, die Lösung für die verwickeltsten Fälle zu finden. Er kannte die Verbrecher, die in der City von New York tätig waren, und die kühne, unerschrockene Art, mit der er selbst an Verbrecherjagden teilnahm, hatte ihn bis zu einem gewissen Grade berühmt gemacht. Es war nicht das erstemal, daß er ohne weiteres in fremde Häuser eindrang. Einmal war er dabei einem berüchtigten New Yorker Revolverhelden in die Hände gefallen.

Im Haus herrschte vollkommene Ruhe. Wenn Sands zurückgekehrt war, mußte er gleich schlafen gegangen sein. Jimmy entdeckte nicht den geringsten Lichtschimmer.

Langsam tastete er sich an der Wand entlang, bis er an eine Ecke kam. Ein unheimliches Gefühl erfaßte ihn plötzlich, so daß er zitterte. Grausen packte ihn, als er einen Augenblick später wieder den langgezogenen Schreckenslaut hörte. Wie angewurzelt blieb er stehen. In der nächsten Sekunde hörte er Schritte und versuchte, sich zu verstecken. Es gelang ihm auch, den Seitengang zu erreichen, aber im gleichen Augenblick rannte er gegen ein Tablett, das merkwürdigerweise an die Wand gelehnt stand. Mit furchtbarem Poltern fiel es auf den mit Fliesen ausgelegten Boden, aber nichts rührte sich im Haus. Er drückte sich hart gegen die Wand. Die Schuhe hatte er unter dem Arm, und alle seine Muskeln waren gespannt. Er war bereit, im nächsten Augenblick Hals über Kopf zu fliehen, aber die Schritte, die er eben noch gehört hatte, waren verstummt. Er wartete ein paar Sekunden und wollte eben wieder vorsichtig um die Ecke spähen, als sich eine große schwere Hand auf seine Schulter legte und ihn zurückzog.

Plötzlich flog etwas an seinem Gesicht vorbei. Er fühlte es an dem Luftzug. Dann legte sich eine Hand auf seinen Mund, und jemand zischte ihm ins Ohr:

»Kommen Sie. Machen Sie keinen Lärm.«

Trotz seines Schreckens hatte er das Gefühl, gehorchen zu müssen.

Der Fremde führte ihn den Korridor entlang auf den hinteren Hof und schloß die Tür.

»Schnell über die Mauer!« flüsterte er.

Jimmy folgte der Aufforderung. Kaum stand er schweratmend auf der Straße, als der andere auch schon neben ihm auftauchte.

»Ziehen Sie Ihre Schuhe nicht an! Machen Sie, daß Sie ins Freie kommen.«

Jimmy lief, so schnell er konnte, zum südlichen Ende der Charles Street. Dort blieb er stehen und zog eilig die Schuhe an.

»Ich weiß ja gar nicht, wer Sie sind«, sagte er dann.

Der andere lachte, und Jimmy Cassidy sah ihm ins Gesicht. »Donnerwetter, Blessington!«

Der Detektiv nickte.

»Jimmy, seien Sie froh, daß Sie mit dem Leben davongekommen sind«, erwiderte der Inspektor ernst.

»Wie kamen Sie denn ins Haus?«

»Ich war in der Speisekammer und beobachtete Sie. Aber in dem Haus konnten Sie nichts finden, ich habe die Zeit gründlich ausgenützt, während Sie mit Mr. Sands spazierengingen. Ich kam gerade an, als Sie durch die Diele zur Haustür gingen.«

»Haben Sie diesen schrecklichen Laut gehört? Es muß irgendein Schmerzensschrei gewesen sein.« Jimmy zitterte, als er daran dachte.

»Ich hörte ihn. Es war furchtbar.«

»Was war denn das eigentlich?«

»Das wollte ich ja auch entdecken, während Sie fort waren. Ich hörte es, als ich über die Mauer stieg, und erschrak auch zu Tode. Es klang wie der Schrei einer Katze.«

»Die Erklärung gab mir auch Sands. Aber sagen Sie, was tun Sie eigentlich hier? Haben Sie John Sands im Verdacht?«

»Ich traue niemand, dafür bin ich schließlich Polizeibeamter. Und ich habe Sie im Verdacht, Jimmy, daß Sie eine große Dummheit begehen. Heute abend sind Sie ja noch einmal mit heiler Haut davongekommen. Haben Sie denn nicht bemerkt, daß in Ihrer Nähe ein weißer Schrank stand, von dem Sie sich scharf abhoben?«

Jimmy hatte das wohl bemerkt, der Tatsache aber weiter keine Bedeutung beigelegt.

»Man konnte Sie gegen den hellen Hintergrund deutlich sehen. Ich fürchtete, daß unser Freund Sie treffen würde.«

»Er hat doch nicht geschossen.«

»Nein, er hat keine Pistole gebraucht. Es klang, als ob es ein Pfeil gewesen wäre. Haben Sie nicht gesehen, daß an allen Wänden seines Arbeitszimmers solche Waffen hängen? Ach nein, in seinem Arbeitszimmer sind Sie ja noch nicht gewesen, das können Sie nicht gesehen haben. Wenn Sie aber einmal hinkommen, betrachten Sie sich einmal die Waffensammlung, die er dort untergebracht hat. Darunter befinden sich viele gute Bogen und Pfeile, und Sands versteht es allem Anschein nach, sie zu gebrauchen. Ich möchte fast annehmen, daß er einige Zeit in Ostasien oder im Malaiischen Archipel gelebt hat. Die Holzmasken über seinem Schreibtisch stammen bestimmt von den Papuas.«

»Aber konnten Sie denn wenigstens herausfinden, was dieser entsetzliche Schrei zu bedeuten hatte? Es war eigentlich mehr ein Stöhnen, als ob jemand furchtbare Qualen und folternde Schmerzen zu ertragen hätte.«

»Nein, das konnte ich nicht herausbringen. Darin habe ich Pech gehabt. Ich hoffte immer, es noch einmal zu hören. Das erstemal hörte ich den Schrei, als ich über die Mauer kletterte, um ins Haus einzudringen, und als ich ihn zum zweitenmal hörte, war es zu spät. Sie hatten ja diesen entsetzlichen Spektakel unten im Gang gemacht. Es war höchste Zeit, daß wir beide das Haus verließen.«

»Der Schrei schien aus dem Keller zu kommen«, meinte Jimmy.

»Das habe ich zuerst auch geglaubt, aber ich habe den Keller durchsucht und nichts Verdächtiges gefunden. Schließlich nahm ich an, daß es tatsächlich eine Katze gewesen sein müßte.«

»Aber es war keine Katze, darauf kann ich einen Eid leisten«, erwiderte Jimmy erregt. »Was suchten Sie eigentlich in dem Haus, Blessington?«

»Ich wollte etwas mehr über Mr. Sands erfahren, und ich hielt seine Abwesenheit für eine glänzende Gelegenheit dazu. Dieser Fall ist so kompliziert, daß ich mir irgendwelche anderen Anhaltspunkte verschaffen muß. Übrigens werden Sie sich freuen, wenn ich Ihnen sage, daß wir Miss Leman aus der Haft entlassen haben.«

»Sie haben Sie freigelassen?« rief Jim froh und drückte ihm die Hand. »Wo ist sie denn jetzt?«

»Sie ist in ihr Hotel zurückgekehrt und liegt jetzt hoffentlich im Bett. Machen Sie keine Dummheiten, Jimmy. Die Lage ist immerhin noch kritisch genug für sie. Ich müßte sie morgen wieder verhaften, wenn weitere Verdachtsmomente gegen sie auftauchten. Jimmy, Sie sind doch noch ein großes Kind!«

Jimmy achtete nicht auf diese Bemerkung, er war ganz aufgeregt vor Freude.

»Ich bin ganz außer mir. Wenn Sie erst jemand auf freien Fuß lassen, sind Sie auch davon überzeugt, daß er unschuldig ist.«

»Ganz unrecht haben Sie nicht. Wir konnten ihre Angaben, daß sie die kleine Flasche mit der Blausäure tatsächlich durch die Post erhalten hat, nachprüfen. Glücklicherweise hat Miss Leman der Aufwartefrau die Flasche gezeigt und sie um Rat gebeten, wie man das Reinigungsmittel benützen könnte. Die beiden überlegten sich dann, daß sie es vorläufig beiseite stellen wollten, bis sie sich genau davon überzeugt hätten, was es wäre. Das war Punkt eins. Punkt zwei: Die verschleierte Dame in Schwarz, die Sie aus Lemans Haus kommen sahen, ist auch von einem unserer Beamten beobachtet worden. Er hat sie ganz deutlich gesehen; ihr Gesicht konnte er allerdings auch nicht erkennen. Sie blieb an der Ecke von Berkeley Square stehen, um einen Brief in einem länglichen Kuvert in den Kasten zu werfen. Der Beamte hat auch bemerkt, daß sie diesen länglichen Brief in der Hand trug, als sie die Wohnung verließ. Nun ist natürlich nichts Auffälliges daran, daß eine Frau aus einem Haus in der Davis Street herauskommt, um einen Brief in einen

Postkasten am Berkeley Square einzuwerfen. Unser Mann dachte deshalb auch nicht mehr daran, bis der Mord bekannt wurde. Und drittens habe ich mir überlegt, daß jemand das andere Glas Kognak ausgetrunken haben mußte, das für Mr. Sands eingeschenkt worden war. Der oder die Täterin muß das Glas wieder gefüllt haben, Sie können sich doch noch darauf besinnen, daß die Kognakflasche auf dem Büfett stand?«

Jimmy nickte.

»Weiterhin konnte ich – zum Glück für Miss Leman – feststellen, daß sie die beiden Likörgläser in Gegenwart der Aufwartefrau eingoß und die Flasche wieder ins Büfett stellte. Unter diesen Umständen war es natürlich vollkommen ausgeschlossen, die junge Dame noch weiter in Haft zu behalten. Da noch kein direkter Haftbefehl gegen sie ergangen war, habe ich es auf meine eigene Kappe genommen, sie freizulassen. Das war um so leichter, als noch keine Anklage gegen sie erhoben war.«

»Gott sei Dank!« erwiderte Jimmy erleichtert. »Nun kann ich wenigstens ruhig schlafen. Es wäre leider grausam, sie noch zu stören, und doch möchte ich sie gerade jetzt wiedersehen.«

»Hören Sie doch auf mit solchen Dummheiten«, entgegnete Blessington. »Verliebte Leute scheinen tatsächlich alle einen Klaps zu haben. Nehmen Sie sich zusammen, Sie sind doch sonst so ein tüchtiger Kerl! Im andern Fall würde ich ja schließlich nicht Ihre Bekanntschaft pflegen. Sie sind darauf aus, eine große interessante Geschichte für Ihre amerikanischen Blätter zu schreiben, und ich bin darauf aus, große Verbrechen aufzudecken. Sie wissen bedeutend mehr über Verbrechen und Verbrecher als Ihre Kollegen, und ich wäre sehr froh, wenn Sie mir bei der Aufklärung dieses Falles helfen würden.«

»Selbstverständlich, soviel ich nur kann. Aber es erscheint mir noch fraglich, ob auch Sie mir helfen wollen«, sagte Jimmy etwas grimmig. »Sie haben ganz recht, ich bin darauf aus, eine Millionengeschichte zu schreiben –«

»Den Stoff dazu sollen Sie schon bekommen. Und ich sage Ihnen, Jimmy, es wird eine Senstation geben. Vor allem müssen Sie mir aber dabei helfen, diese Dame in Schwarz wiederzufinden. Und dann müssen wir den Brief erhalten, den sie in den Briefkasten am Berkeley Square geworfen hat.«

11

John Sands hatte einen Abscheu vor Unannehmlichkeiten und Störungen. Aus dem Grunde konnte er auch alle möglichen anderen Leute nicht leiden, die von der gewöhnlichen Norm abwichen. Aber es kam ihm nicht darauf an, ob seine Mitmenschen ehrliche Bürger waren oder Verbrecher. Für ihre moralischen Eigenschaften interessierte er sich nicht im mindesten. Hauptsache war, daß sie ihn nicht in seinem Wohlleben störten. Er beschwerte sich auch nicht darüber, daß Einbrecher in die Häuser eindrangen, sondern nur darüber, daß derartige Leute seinen Frieden und seine Ruhe stören konnten. Solange die Verbrecher bei anderen Leuten ihre Künste versuchten, hatte er nichts dagegen. Der Fleischer, der ihn belieferte, oder der Chauffeur eines Taxis mochten seinetwegen die größten Verbrecher sein, wenn sie nur ihn nicht belästigten. Ein Verbrecher war in seinen Augen nicht schlimmer als ein Wäscher, der seine Hemden durchgerieben hatte oder die Kragen mit dem Plätteisen verbrannte.

Am nächsten Morgen ging er um elf Uhr zur Polizeiwache und beklagte sich.

»Ich möchte die Polizei nicht unnötig stören«, sagte er, »aber ich muß doch einen Einbruch zur Anzeige bringen, der in meinem Haus verübt wurde. Soviel ich weiß, ist das nötig, um das Eigentum wiederzuerlangen, das mir von den Einbrechern gestohlen wurde. Ich muß allerdings zugeben, daß ich bis jetzt nichts vermißt habe.«

»Ganz recht«, bemerkte Blessington, der zufällig zugegen war und Sands' Worte durch die offene Tür gehört hatte. »Wann ist denn der Einbruch passiert?« fragte er, als er in den Wachraum trat.

»Heute morgen in aller Frühe«, entgegnete John Sands und nickte dem Detektiv zu. »Guten Morgen, Mr. Blessington. Man möchte fast sagen, daß das Sprichwort recht hat: ›Wenn man einmal der Polizei in die Hände fällt, kommt man nicht mehr von ihr los.‹«

»Nanu, so schlimm ist es doch nicht! Sie haben doch erst das zweitemal mit uns zu tun.«

Blessington war ein großer, hagerer Mann mit einem bronzebraunen Gesicht, der nur sehr selten lächelte. Aber jetzt zwinkerte er John Sands vertraulich zu.

»Es war etwa zwei Uhr in der Nacht«, fuhr Sands fort. »Ich kam gerade von einem Spaziergang mit Mr. Cassidy zurück und ging in mein Arbeitszimmer, einen kleinen Raum, in dem ich gewöhnlich meine schriftlichen Arbeiten erledige. Er liegt direkt neben meinem Schlafzimmer. Plötzlich hörte ich unten im Haus ein Geräusch.«

Blessington nickte.

»Wo liegt denn Ihr Haus?« fragte er unschuldig.

»Charles Street Nummer 79. Ein kleines, bescheidenes Gebäude. Ich dachte, Sie würden es kennen.«

»Charles Street Nummer 79«, wiederholte der Inspektor und machte sich eine genaue Notiz. »Es tut mir leid, daß Ihnen das passiert ist. Erzählen Sie nur ruhig weiter, Mr. Sands.«

»Ich habe keinen Revolver im Haus, so nahm ich einen Bogen und ein paar Pfeile von der Wand. Ich habe nämlich eine Sammlung, die ich von einem Aufenthalt in Borneo mitbrachte, und ich kann ziemlich gut mit diesem Bogen schießen. In dem dunklen Gang sah ich einen der Einbrecher und schoß auf ihn, aber allem Anschein nach habe ich ihn verfehlt. Es müssen zwei Leute gewesen sein; sie flohen in den kleinen Hof, der auf der Rückseite des Hauses liegt, kletterten über die Mauer und entkamen.«

»Sind Sie denn den beiden gefolgt?«

»Nein.« Mr. Sands lächelte. »Dazu war ich nicht in der Stimmung.«

»Aber nun eine wichtige Frage: Vermissen Sie etwas?«

»Nein. Ich habe die beiden wohl gestört, bevor sie ihr Vorhaben ausführen konnten.«

»Gut. Dann werde ich mir einmal Ihr Haus ansehen, Mr. Sands«, erklärte Blessington sofort.

»Aber ich gebe Ihnen doch die Versicherung, daß ich nichts vermisse«, widersprach Sands schnell.

»Das ist ganz gleich. Wenn hier auf der Polizei ein Einbruch gemeldet wird, dann gehört es zu unserer Pflicht, das Haus genau zu inspizieren. Fingerabdrücke oder sonstige Spuren an den Fensterscheiben könnten einen Anhaltspunkt dafür geben, wer die Täter waren.«

»Nun gut. Es ist mir allerdings sehr unangenehm, wenn die Polizei in mein Haus kommt.« Als Sands dies sagte, lachte er leise. »Aber wenn Sie wollen, können Sie ruhig mitkommen.«

Für Blessington war dies eine außerordentlich günstige Gelegenheit. Er hätte niemals gedacht, daß Sands über diesen mitternächtlichen Besuch eine Anzeige bei der Polizei erstatten würde. Nun begleitete er Sands nach dessen Wohnung und unterhielt sich unterwegs mit ihm über die kommende Kricketsaison. Außerdem besprach er die Möglichkeiten und Aussichten, die das Rennpferd des Königs beim nächsten Derby haben würde. Diese beiden Themen interessieren alle guten Engländer aufs höchste, und Mr. Sands schien mit der Gesellschaft des Detektivs sehr zufrieden.

Die Durchsuchung des Hauses war bald erledigt.

Blessington ging durch das Speisezimmer und die große Diele; er stieg die Treppe hinauf, inspizierte Schlaf-, Bade- und Arbeitszimmer und sah sich schließlich noch den Keller an.

In einem großen Gang blieb er stehen.

»Was stand denn früher hier?« fragte er und deutete auf die verstaubte Wand.

Er wußte aber sehr wohl, was in der vorigen Nacht noch dort gestanden hatte.

»Ein Schrank, der hier immer im Weg war.«

»Was hatte er denn für eine Farbe?«

»Er war weiß gestrichen.«

»Haben den etwa die Einbrecher gestohlen?«

Mr. Sands glaubte, der Inspektor wolle einen Witz machen.

»Nein, das nicht. Ich habe ihn heute morgen fortschaffen lassen. Ich telefonierte einem Spediteur und ließ ihn zu meinem Landhaus bringen.«

»Zeigen Sie mir doch einmal Ihre Waffensammlung und auch den Bogen und den Pfeil, den Sie in der vergangenen Nacht benützten.«

Sands sah ihn erstaunt an.

»Aber was wollen Sie denn damit? Das würde doch nicht den Einbrecher, sondern höchstens mich selbst belasten!«

»Trotzdem möchte ich mir die Waffen einmal ansehen. Ich wollte vorhin schon fragen, als wir oben waren.«

»Ich hatte allerdings auch die Absicht, sie Ihnen zu zeigen, aber Sie gingen so schnell weiter. Nun, ich werde sie holen.«

Die Wände des unteren Ganges waren mit gelber Farbe gestrichen. Durch ein Fenster schien die Sonne herein und erleuchtete die eine Wand hell. Und gerade in der Mitte dieses Sonnenflecks war schwach ein Fingerabdruck zu erkennen. Leute, die nicht gewohnt waren, auf solche Dinge zu achten, hätten ihn sicherlich übersehen.

»Das ist Blut«, sagte Blessington zu sich selbst und wartete, bis er Sands die Treppe hinaufgehen hörte. Schnell nahm er dann seine kleine Miniaturkamera aus der Westentasche und stellte genau auf den Fingerabdruck ein. Er machte im ganzen drei Aufnahmen, und als Mr. Sands mit Bogen und einem Pfeil in der Hand zurückkam, war der Fotoapparat längst wieder verschwunden.

»Sehr hübsche Waffen«, meinte Blessington. »Der Bogen ist ja reich geschnitzt und verziert. Ich bin noch nicht ganz davon überzeugt, daß wir recht haben, wenn wir Feuerwaffen gebrauchen. Unter manchen Umständen ist so eine lautlose Schußwaffe bei weitem vorzuziehen. Glauben Sie, daß Sie den Mann getroffen haben?«

»Hoffentlich habe ich ihn verfehlt. Zuerst war ich allerdings furchtbar ärgerlich, aber es würde mir doch leid tun, wenn ich einen anderen Menschen mit diesen bösen Waffen verletzen sollte. Sehen Sie sich einmal die Pfeilspitzen an, die haben ganz gemeine Widerhaken.«

Der Inspektor nahm einen der Pfeile in die Hand, betrachtete die gezackte Spitze und gab ihn Sands zurück.

»Haben Sie übrigens etwas von Mrs. Leman gehört?« fragte er auf dem Rückweg zum Wohnzimmer. »Die Verhandlung der Totenschau ist für übermorgen angesetzt.«

»Merkwürdigerweise habe ich heute morgen einen Brief von ihr erhalten, und ich muß sagen, ich mache mir jetzt ziemliche Sorgen.«

Er öffnete ein kleines Geheimfach im Paneel und nahm einen Brief heraus, der in Paris zur Post gegeben war. Der Stempel war allerdings nicht leserlich.

»Es liegt Ihnen natürlich etwas daran, den Inhalt des Schreibens zu erfahren«, sagte Sands und reichte Blessington den Bogen.

Oben stand: »Café de Lyon«; das Datum war zwei Tage alt.

Lieber Mr. Sands!

Ich bin des Aufenthalts in Paris so müde, daß ich mich entschlossen habe, von hier fortzugehen. Diese Zeilen schreibe ich in einem Restaurant, eine halbe Stunde vor Abfahrt des Zuges. Ich fahre von hier aus nach Marseille; was ich dann unternehme, weiß ich noch nicht. Vielleicht gehe ich nach Narbonne, nach Barcelona; vielleicht ziehe ich aber auch San Remo und später Rom vor. Es hat keinen Zweck, meinem Mann einen Brief zu schreiben, denn er antwortet doch nicht. Würden Sie daher so liebenswürdig sein, ihm von mir auszurichten, welche Reisepläne ich habe. Ich danke Ihnen vielmals für die tausend Pfund, die Sie mir geschickt haben und die ich ordnungsgemäß erhielt. Vielleicht wird es Ihnen schwerfallen, meine Interessen zu vertreten. Ich schicke Ihnen deshalb eine Generalvollmacht, die nach meiner Trauung ausgefertigt wurde. Daraus ersehen Sie, daß Sie alle Schritte in meinem Interesse unternehmen können, die Sie für notwendig halten.

Mit verbindlichen Grüßen

Margaret Leman

»Sehen Sie, hier ist die Vollmacht«, sagte Sands.

»Das Schriftstück ist in englischer Sprache aufgesetzt.«

»Ja, es wurde noch für Mrs. Leman ausgefertigt, bevor sie das Land verließ. Sie wünschte das ausdrücklich. Es ist das erstemal, daß ich diese Vollmacht ausgeliefert erhalte. Es paßt mir aber wenig, daß sie mir das Schriftstück zugesandt hat, denn es ist eine Menge unangenehmer Arbeit damit verbunden.«

Blessington hielt das Dokument gegen das Licht. Die Wassermarke war zwei Jahre alt, und die Vollmacht war von Harry Leman selbst unterzeichnet und bestätigt.

»Sie wurde unmittelbar nach der Trauung aufgesetzt«, bemerkte Sands. »Mrs. Leman hatte bis jetzt noch keine Gelegenheit, sie praktisch zu verwenden, und ich wünschte nur, sie hätte sie auch in Frankreich gelassen.«

Blessington reichte wortlos das Schriftstück zurück.

»Kann ich Sie in zwei Stunden noch einmal besuchen?«

»Es würde mir ein großes Vergnügen bereiten.«

»Haben Sie sich an der Hand verletzt?« fragte der Inspektor und zeigte auf den Verband.

»Ja. Ich habe gestern schon mit Cassidy darüber gesprochen. Er fragte mich auch, und ich sagte ihm, daß ich von einem Hund gebissen worden bin.«

Eine Stunde später kehrte Blessington schon zurück.

»Ich möchte einmal Ihre Küche sehen«, sagte er.

Mr. Sands führte ihn hin.

Blessington hatte gar nicht die Absicht, den Raum zu betreten, aber auf dem Weg kam er durch den gelbgestrichenen Gang mit dem blutigen Fingerabdruck. Er sah wohl die Wand, aber der Abdruck war inzwischen verschwunden. In der Zwischenzeit hatte Sands die Stelle mit Farbe überstrichen.

»Ich weiß nicht, ob Sie es bemerkt haben«, sagte der Hauseigentümer, als sich der Detektiv die Küche angesehen hatte. »Nachdem Sie heute morgen fortgingen, habe ich hier eine Entdeckung gemacht, der ich entnehme, daß ich doch einen der beiden Einbrecher verwundet habe.«

Er zeigte auf die Wand.

»Ich habe dort einen Blutfleck gefunden und deshalb die Stelle neu gestrichen. Erst später kam mir der Gedanke, daß Sie vielleicht ein Interesse daran hätten. Es schien mir fast so, als ob es ein Fingerabdruck wäre.«

»Wenn es nicht ein Fingerabdruck war, ist es unwichtig.«

»Das kann ich nicht mit Bestimmtheit behaupten«, erwiderte Sands. »Ich verstehe sehr wenig von solchen Dingen. Zuerst hielt ich es nur für einen Flecken.«

Blessington kehrte zur Haustür zurück. Draußen wartete in einiger Entfernung ein Taxi. Jimmy war im Wagen geblieben. Als Blessington zu ihm zurückkehrte, runzelte er die Stirn.

»Fahren Sie nach Scotland Yard«, sagte er zum Chauffeur, sprang in den Wagen und schlug die Tür laut hinter sich zu.

»Jimmy«, sagte er und seufzte, »dieser Kerl ist furchtbar schwierig zu behandeln. Ich weiß nicht, was ich von ihm denken soll. Manchmal macht er sich direkt verdächtig, und dann klärt sich hinterher wieder alles zur Zufriedenheit auf. Sobald ich glaube, ich habe ihn gefaßt, hat er auch schon ein unanfechtbares Alibi bereit.«

»Nun, und was ist mit dem weißgestrichenen Schrank?« fragte Jimmy, nachdem er erfahren hatte, was sich bei dem ersten Besuch zugetragen hatte.

»Den hat er heute morgen mit einem Lastauto aufs Land schaffen lassen. Übrigens hat er mir das selbst gesagt, und außerdem hat der Detektiv, der das Haus bewacht, es bestätigt. Unglücklicherweise hat er den Namen des Spediteurs nicht festgestellt, aber wir haben immer noch die Möglichkeit, das später nachzuholen.«

»Warum legen Sie so großen Wert auf den weißgestrichenen Schrank?«

»Ach, das ist weiter nicht wichtig«, erwiderte Blessington.

Als sie nach Scotland Yard kamen, entließen sie den Chauffeur und gingen sofort zur fotografischen Abteilung.

»Sind die Abzüge fertig?« fragte Blessington den diensttuenden Beamten.

»Jawohl, sie sind sehr klar und deutlich ausgefallen.« Bei diesen Worten überreichte er dem Inspektor drei Abzüge, die dieser näher ans Licht hielt.

»Ja, sie sind einigermaßen gut ausgefallen. Jimmy, sehen Sie einmal her. Hier sind die Fingerabdrücke. Man kann jede Linie genau sehen. Wenn jetzt meine Vermutung richtig ist, können wir feststellen, ob Mrs. Leman gestern abend spät im Haus von John Sands war. Er versuchte mir ja vorzuschwindeln, daß sie im Süden Frankreichs umherreist.«

»Das wäre großartig«, entgegnete Jimmy. »Geben Sie mir doch bitte auch einen Abzug – danke schön.«

Er nahm ihn und steckte ihn in seine Brieftasche.

»Das ist alles Material für die Millionengeschichte«, sagte er dann. »Enden damit vorläufig unsere Feststellungen?«

»Ja, wir können den Abdruck nicht eher gebrauchen, als bis wir Mrs. Leman gefunden haben, und ich weiß auch noch nicht genau, wozu das führen soll. Es ist ja schließlich kein Verbrechen, wenn man sich in London aufhält, während andere Leute behaupten, man wäre in Paris oder in Südfrankreich.«

»Zeigen Sie noch einmal her«, bat Jimmy und nahm einen der beiden Abzüge. Er betrachtete ihn nachdenklich und sah dann Blessington an. Es war ihm eine gute Idee gekommen.

»Wer mag denn eigentlich diese Mrs. Leman sein? Es wäre doch möglich, daß sie zur Unterwelt gehört und eine Verbrecherin ist. Wir haben doch hier eine große Kartothek von all den Leuten, die einmal verurteilt worden sind oder einmal in Händen der Polizei waren.«

Blessington kniff die Augen zusammen. »Das ist ein glänzender Gedanke, Jimmy. Wir wollen sofort einmal nachsehen!«

Sie gingen beide zur Registratur und händigten dem Beamten einen Abzug aus. Dieser betrachtete den Fingerabdruck genau, machte ein paar Notizen auf eine Karte, nachdem er durch ein Vergrößerungsglas die einzelnen Merkmale genau herausgesucht hatte, und reichte die Karte dann dem Sergeanten. Nach kaum zehn Minuten kam der Beamte mit einem großen Karton zurück, auf dem eine Anzahl von Fingerabdrücken und Fotografien zu sehen waren. Diese verglich der Beamte mit dem Foto.

»Sehen Sie, wir haben sie schon gefunden. Das ist der Zeigefinger. Die Abdrücke sind vollkommen gleich.«

»Wer ist es denn?« fragte Blessington begierig.

»Margaret Maliko«, sagte der Beamte, »eine Gefangene, die zu lebenslänglichem Zuchthaus verurteilt wurde, aber im Oktober vorletzten Jahres aus dem Gefängnis von Aylesbury entwich.«

12

»Dann ist die Sache ja soweit klar. Margaret Maliko ist niemand anders als Margaret Leman«, erklärte Jimmy.

Später saßen die beiden in der Halle des Hotels Magificent.

»Diese Margaret Leman ist über acht Millionen Dollar wert, daran läßt sich nichts ändern, ganz gleich, ob sie nun Margaret Leman oder Margaret Maliko heißt. Der alte Mann hat kein Testament hinterlassen. Vielleicht hat er keinen bestimmten Rechtsanwalt und nahm deshalb immer einen anderen, wenn er gerade juristischen Beistand brauchte. Sie war übrigens auch die Frau, die von sieben bis acht Uhr bei ihm war. Und sie hat den Brief in den Postkasten gesteckt. Er ist weiterverfolgt worden, aber nur bis zu einem gewissen Punkt«, fügte er vorsichtig hinzu.

»Warten Sie einen Augenblick«, sagte Jimmy erregt. »Dieser Brief, der am Berkeley Square aufgegeben wurde, war unfrankiert und an Mrs. Leman selbst adressiert.«

»Da haben Sie vollkommen recht, Jimmy. Ich habe nämlich auf Ihre Vermutung hin, daß keine Marke auf dem Brief war, gehandelt. Dadurch gelang es mir, den Brief weiterzuverfolgen. Es ist nur wenigen Leuten bekannt, daß Briefe, die unfrankiert in den Kasten kommen, einer besonderen Prüfung unterzogen werden. Es wird darüber eine Liste auf dem Hauptpostamt geführt. Ich habe bei der Gelegenheit übrigens feststellen können, daß der Brief die Adresse ›Mrs. Leman, Kennigton House, Hove‹ trug.

Nun ist Kennigton House kein großes Gebäude, wie Sie vielleicht nach dem großartigen Namen annehmen könnten, sondern eine kleine Vorstadtvilla in der Nähe von Brighton. Ich habe einen Beamten hingeschickt, um Nachforschungen anzustellen, aber unglücklicherweise ist es ihm nicht gelungen, den Brief in seinen Besitz zu bringen. Es scheint, daß das Postamt in Hove den Auftrag hat, alle Briefe, die dort für Mrs. Leman ankommen, umzuleiten. Und welche Adresse hat sie Ihrer Meinung nach wohl dort angegeben?«

»Mr. John Sands'?« vermutete Jimmy.

»Nein, jetzt haben Sie das erstemal unrecht«, erwiderte Blessington. »Nein, Jimmy, die Sache ist nicht so plump arrangiert. Marseille, hauptpostlagernd. Was sagen Sie dazu? Wie kamen Sie übrigens auf die Annahme, daß der Brief nicht frankiert war?«

»Ich hatte eine Ahnung, daß er ein wichtiges Dokument enthielt, das die Dame nicht bei sich tragen durfte. Sie steckte es in den Briefumschlag. Sie erinnern sich doch noch, daß wir eine große Menge solcher Kuverts auf dem Tisch sahen, als wir Mr. Leman tot auffanden. Sicher hatte der alte Geizhals keine Briefmarken in der Wohnung, aber sie war ängstlich besorgt, das Schriftstück in Sicherheit zu bringen. Deshalb adressierte sie es an sich selbst und warf es in den ersten Briefkasten, den sie sah. Es ist aber eine sehr einfache Sache, den Brief zu bekommen. Sie brauchen doch nur Ihren Agenten in Marseille zu beauftragen, ihn von der Post abzuholen.«

»Das erscheint Ihnen so einfach, Jimmy. Der Brief wurde aber gestern abend aufgegeben und ging heute morgen mit der Post ab. Auf jeden Fall wollen wir einmal den Versuch machen. Vielleicht gelingt es uns. Ich habe an meinen guten Freund Pollot in Marseille telegrafiert, und wenn irgend jemand den Brief aus der Post herausholen kann, dann ist er es. – Ihre Freundin kommt aber spät.«

Der Detektiv sah auf die Uhr.

»Was wollen Sie übrigens mit Faith Leman machen?«

»Sie muß mit dem nächtsten Schiff nach Amerika zurückfahren«, erklärte Jimmy. »Sobald Mrs. Leman an die Öffentlichkeit tritt und ihre Erbschaft einkassiert, werde ich Faith einen Heiratsantrag machen.«

»Aber warum denn nicht schon früher?« fragte Blessington.

»Weil immer noch etwas dazwischenkommen kann und Faith vielleicht doch noch die Erbin wird.«

»Aber zum Kuckuck, was macht denn das aus? Sie sind doch nicht so voreingenommen, daß sie sich durch die finanzielle Lage des jungen Mädchens daran hindern lassen, mit ihr glücklich zu werden?«

»Aber – aber – wenn sie reich ist – und ich arm bin –«

»Ach, das ist pure Eitelkeit, weiter nichts. Ich weiß nicht, warum die jungen Leute von heute so blöd sind! Wenn Sie reich wären und Miss Faith Leman arm, und wenn Sie als Märchenprinz daherkämen, um sie als Aschenbrödel aus dem Staub zu sich zu heben, dann würde Ihnen das so passen. Ich habe noch niemals verstanden, warum das Vermögen bei der Ehe immer nur auf einer Seite vorhanden sein soll. So arm ich bin, hoffe ich doch immer, daß ich noch einmal die Aufmerksamkeit eines wunderschönen jungen Mädchens mit dunklen, märchenhaften, melancholischen Augen auf mich ziehen werde, die mindestens ein Vermögen von drei Millionen besitzt.«

»Nein, Sie verstehen nicht, wie ich es meine«, entgegnete Jimmy nachdenklich.

»Ich verstehe Sie nur zu gut. Glauben Sie, daß Sie niemand versteht, weil Sie auch an der Kinderkrankheit leiden, die alle einmal durchgemacht haben? Gehen Sie doch frischweg zu ihr hin und sagen Sie ihr, Sie lieben sie, und Sie können nicht anders, und Sie müssen sie heiraten.«

»Um Himmels willen, seien Sie jetzt ruhig«, sagte Jimmy aufgeregt. »Da kommt sie.«

Faith Leman ging durch die Hotelhalle, und Jimmy war wieder ganz bezaubert von ihr. Die Unannehmlichkeiten und Aufregungen der letzten vierundzwanzig Stunden hatten sie aber doch mitgenommen. Sie sah müde aus, und dunkle Schatten lagen unter ihren Augen. Selbst der alte, zugeknöpfte, zynische Blessington mußte zugeben, daß sie eine schöne Erscheinung war.

Plötzlich blieb sie regungslos stehen, als sie den Polizeibeamten sah, und errötete.

»Ich möchte Ihnen einen sehr guten Freund vorstellen, Faith. Mr. Blessington hat Sie zwar zuerst verhaftet, aber dann hat er den größten Teil der Nacht damit zugebracht, entlastendes Material für Sie herbeizuschaffen.«

»Dafür bin ich Ihnen sehr dankbar, Mr. Blessington«, erwiderte sie und reichte ihm die Hand. »Aber es war ein entsetzliches Erlebnis für mich, und die Erinnerung daran . . .«

»Ich weiß es«, erwiderte der Polizeiinspektor. »Sie müssen einen bösen Schock erhalten haben, aber glauben Sie ja nicht, daß es mir Freude macht, hübsche junge Damen festzunehmen und in den Kerker zu werfen. Nein, ganz im Gegenteil.«

Sie gingen zusammen in den Speisesaal des Hotels und nahmen an einem reservierten Tisch Platz.

»Ich möchte Sie noch etwas fragen«, sagte der Inspektor.

Sie sah ihn argwöhnisch an.

»Ich hoffe, Sie sind nicht in amtlicher Eigenschaft hierhergekommen, um mich einem intensiven Verhör zu unterziehen?«

»Daran läßt sich leider nichts ändern. Sowohl Jimmy wie ich haben nun einmal einen Beruf, der uns zwingt, an alle möglichen Leute alle möglichen Fragen zu richten. Das ist der einzige Weg, Dinge ausfindig zu machen. Aber beruhigen Sie sich nur, ich werde nicht viele Fragen an Sie stellen. Nur drei brauchen Sie mir zu beantworten. Erstens: Hat Ihr Onkel Briefmarken im Hause gehabt?«

»Nein, das war auch so eine Eigenheit von ihm. Das Geld für Briefmarken tat ihm immer zu leid. Auf keinen Fall wollte er sich Marken auf Vorrat hinlegen. Wenn er einen Brief absenden wollte, mußte einer aus dem Haushalt zur Post gehen und bekam dann so viel Kleingeld mit, wie das Porto ausmachte.«

»Das stimmt ja mit seinem sonstigen Charakter vorzüglich überein. Nun kommt die zweite Frage: Sie haben doch Schreibmaterial für Ihren Onkel auf den Tisch gelegt. Haben Sie auch Briefumschläge dazugetan? Ich sah sie nämlich in seinem Zimmer.«

»Ja«, sagte sie und nickte.

»Haben Sie auch Tinte und Feder bereitgestellt?«

»Nein«, erwiderte sie, nachdem sie kurze Zeit nachgedacht hatte. »Nur einen Bleistift. Onkel hat selten mit Tinte geschrieben.«

»Gut. Und doch stand eine kleine Flasche Tinte bei dem Papier, als ich ins Zimmer ging. Und jetzt ergibt sich für uns eine weitere Frage. In dem Zimmer wurde ein Zettel gefunden, auf dem Ihr Onkel mit Bleistift etwas notiert hatte. Darauf stand auch der Name der ›Suevic‹, das ist ein Dampfer der White-Star-Linie. Weiterhin war der Hafen von Plymouth erwähnt, wo die Dampfer dieser Gesellschaft anlegen. Die ›Suevic‹ ist auf der australischen Route eingesetzt. Kennen Sie vielleicht jemand, der etwas mit Australien zu tun hat oder der Ihren Onkel gebeten hat, ihm hundert oder dreihundert Pfund zu leihen, um damit nach Australien reisen zu können? Dann stand auch noch eine Nummer auf dem Papier: 1 – 17941 –«

»Jetzt habe ich es!« rief Jimmy, der bis jetzt geschwiegen hatte, aufgeregt. »Sehen Sie den Zusammenhang noch nicht?«

Er erhob sich halb von seinem Stuhl. »Erinnern Sie sich nicht an das Aktenstück von Margaret Maliko? Sie haben doch ihre Karte im Archiv gesehen – das ist ihre Nummer im Strafgefängnis! Dahinter stand noch das Wort ›Gift‹ –«

Er sah Blessington erwartungsvoll an.

»Was hat das Wort ›Gift‹ zu bedeuten?« fragte er dann.

»Das ist die kurze Bezeichnung des Verbrechens, das Margaret Maliko begangen hat. Sie wurde zu zwanzig Jahren Zuchthaus verurteilt, weil sie ihren Mann mit Gift ums Leben gebracht hat.«

Jimmy holte tief Atem und sank in seinen Stuhl zurück.

»Dann war es also Margaret Maliko, die meinen Onkel besuchte?« fragte Faith entsetzt und starrte den Polizeiinspektor mit weitgeöffneten Augen an. »Und sie hat sich schon einmal einen Giftmord zuschulden kommen lassen! Dann muß sie doch die Täterin sein –«

Im Augenblick sprach alles dafür – aber die Annahme Miss Lemans stimmte nicht mit dem überein, was der Inspektor vermutete. Auch Jimmy war anderer Meinung.

»Blessington, ich kann es nicht recht glauben, daß diese Frau das Verbrechen begangen haben soll. Es ist wohl ein merkwürdiges Zusammentreffen, daß sie eine der letzten Personen war, die ihn lebend sahen, aber nach allem, was wir wissen, ist sie doch in bestem Einvernehmen von dem alten Mann geschieden. Verstehen Sie denn noch nicht? Leman wollte sie fortschicken. Er half ihr, nach Australien zu gehen. Sie muß ihm etwas Wichtiges mitgeteilt haben, und dafür verlangte sie eine große Geldsumme. Wenn ich die Zahlen auf dem Papier richtig beurteile, hat sie mit ihm um die Höhe des Betrages gehandelt. Leman hat ihr hundert Pfund geboten und die Summe allmählich auf dreihundert Pfund erhöht. Und auch die Adresse war darauf vermerkt: ›Hauptpostlagernd, Melbourne.‹ Sie muß ihm Einzelheiten aus ihrem Leben erzählt haben – er hat ihre Nummer als Strafgefangene notiert. Die Zahl 20 bedeutet die zwanzigjährige Zuchthausstrafe – jetzt löst sich alles mit einmal spielend auf. Warum sollte sie ihn denn umbringen, wenn er ihr helfen wollte?«

Blessington biß sich auf die Lippen.

»In allem, was Sie gesagt haben, liegt ein gut Teil Wahrheit, aber das ist noch nicht die ganze Geschichte. Es bleiben noch mehrere Lücken, die gefüllt werden müssen. Sie wäre nicht zu

Leman gegangen, um ihr Geheimnis zu verkaufen, wenn sie nicht allen Grund gehabt hätte, sofort das Land zu verlassen. Vermutlich wollte sie das Geld dringend haben, und es ist sehr unwahrscheinlich, daß sie es sofort bekommen hat, denn Leman hatte niemals größere Summen im Haus. Habe ich recht, Miss Leman?«

Das junge Mädchen nickte.

»Onkel hat es immer vermieden, auch nur kleinere Beträge in der Wohnung aufzubewahren. Wenn er Geld brauchte, ging er zur Depositenkasse in der Oxford Street.«

»Die Unterredung zwischen den beiden fand zu einer so späten Stunde statt, daß die Banken schon geschlossen waren«, fuhr Blessington fort. »Sie konnte das Geld frühestens am nächsten Tag ausgezahlt erhalten. Warum sollte sie ihn also vergiften? Das wäre doch gar nicht in ihrem Interesse gewesen. Und warum sollte sie mit dem Vorsatz in seine Wohnung gekommen sein, ihn zu ermorden? Nein, die Erklärung des Mordes stimmt nicht.«

»Ach, das ganze Verbrechen ist entsetzlich und grauenhaft. Ich mag nichts mehr davon hören«, meinte Faith und schauderte zusammen.

»Aber es ist doch furchtbar interessant«, sagten Jimmy und Blessington zu gleicher Zeit.

13

Für den Rest des Tages stellte Jimmy auf eigene Faust Nachforschungen über den weißen Schrank aus dem Keller von Mr. Sands an. Der Polizei war es nicht gelungen, die Sache aufzuklären; sie hatte die Spur verloren, und man konnte nicht feststellen, auf welche Weise das Möbelstück aus London fortgeschafft worden war. Keiner der Beamten hatte auch nur eine Spur finden können. Selbst eine Umfrage bei den verschiedenen Spediteuren, die Lastautos verwendeten, hatte keinen Erfolg gehabt. Die Anzahl der in Betracht kommenden Firmen war so groß, daß die Polizei unmöglich alle Leute fragen konnte.

Die Verhandlung der Totenschau wurde vertagt. Blessington machte sich die günstige Gelegenheit zunutze und stellte während der Verhandlung ein paar Fragen an Mr. Sands.

»Sie wollen wissen, wo mein Landhaus liegt? Nun, das hat einen sehr hochtönenden Namen, ist aber nur eine bescheidene Villa in einem nicht allzu großen Garten. Es liegt an der Straße nach Brighton, und man kann es sehr leicht finden.«

Er sah den Polizeiinspektor sonderbar an.

»Wollen Sie mir vielleicht offen sagen, warum Sie sich so sehr für mein Privateigentum interessieren?«

»Ja, ich will ganz offen mit Ihnen sein, Mr. Sands«, erwiderte der Detektiv und lächelte. »Ich möchte noch einmal diesen weißen Schrank sehen, denn ich bin der Ansicht, daß die Einbrecher ihren Namen und ihre Adresse auf der glatten Oberfläche zurückgelassen haben.«

»Mit anderen Worten, Sie suchen nach Fingerabdrücken. Es tut mir sehr leid, daß ich den blutigen Flecken von der Wand entfernt habe, aber wenn Sie glauben, die Untersuchung des Schrankes könnte Ihnen weitere Anhaltspunkte geben, dann will ich Ihnen nichts in den Weg legen. Fahren Sie doch zu meinem Landhaus und lassen Sie sich das Möbelstück zeigen. Wenn Sie wollen, fahre ich Sie hin.«

»Ich danke Ihnen für Ihr liebenswürdiges Angebot, aber ich habe selbst einen Wagen und werde damit hinfahren.«

Jimmy begleitete Blessington. Als sie ankamen, fanden sie das Haus doch etwas größer und stattlicher, als man nach den Worten von Mr. Sands hätte annehmen können. Es lag in einiger Entfernung von der Straße hinter großen Bäumen versteckt – ein altes, schönes Gebäude aus dem sechzehnten Jahrhundert, nicht allzu groß, aber sehr bequem und luxuriös eingerichtet. Ein Hausverwalter und seine Frau waren die einzigen Dienstboten, die die Besitzung in Ordnung halten mußten. Der Verwalter bestätigte auch sofort, daß ein weißgestrichener Schrank bei ihm abgeliefert worden sei.

»Ja, das Möbelstück wurde ziemlich spät gestern abend hergebracht. Ich hatte mich schon hingelegt und mußte noch einmal aufstehen. Übrigens hat es Mr. Sands persönlich hergeschafft. Ich weiß nicht, was an dem Schrank sein soll, er sieht recht gewöhnlich aus. Aber Mr. Sands machte viel Umstände damit; es lag ihm daran, daß der Schrank hier eingestellt wurde, da er für ihn einen ziemlichen Wert repräsentiere. Ich habe mich schon darüber gewundert, warum er das Stück nicht als Frachtgut hierhergehen ließ. Das habe ich auch zu meiner Frau gesagt.«

»Gestern abend spät wurde der Schrank also bei Ihnen abgeliefert?« fragte Jimmy nachdenklich. »Er ist doch in aller Frühe von London fortgeschickt worden. Ein etwas sehr langer Transport! Nun, sehen wir uns dieses seltsame Stück einmal an.«

Der Verwalter führte sie zum Arbeitszimmer. Alle Möbel waren mit Bezügen versehen, und in der einen Ecke stand auch der weiße Schrank. Es war ein einfaches Möbelstück, aber Blessington und Jimmy betrachteten es eingehend.

»Waren Sie hier in dem Zimmer, als er hereingebracht wurde?«

»Ja.«

»Haben Sie gesehen, wie der Schrank geöffnet wurde?«

»Jawohl«, erwiderte der Verwalter erstaunt.

»Was, er wurde in Ihrer Gegenwart aufgemacht?« fragte Jimmy.

Das widerlegte allerdings die Annahmen, die sich die beiden unabhängig voneinander gebildet hatten.

»Was war denn darin?« fragte der Polizeiinspektor.

»Nichts. Es war genauso, wie Sie ihn jetzt vor sich sehen.«

Der Verwalter drehte den Schlüssel herum und öffnete die Tür. Das Innere war vollkommen glatt, ohne die geringsten Zeichen von Gebrauch. Wenn Mrs. Leman freiwillig oder unfreiwillig in dem Schrank versteckt gewesen war, konnte man jedenfalls keine Spur davon finden.

»Nun, damit sind wir geschlagen«, sagte Jimmy enttäuscht.

»Was dachten Sie denn?« fragte Blessington.

»Wahrscheinlich dasselbe wie Sie. Schließen Sie die Tür, ich möchte mir das Stück noch einmal genauer ansehen.«

Diesmal gab er sich mehr Mühe, und als er fertig war, nahm er Blessington am Arm und verließ mit ihm das Zimmer.

»Donnerwetter, beinahe hätte ich mich hinters Licht führen lassen!«

»Ja, ich weiß auch nicht, was ich sagen soll«, entgegnete der Detektiv verwundert. »Haben Sie etwas herausbekommen?«

»Das ist doch gar nicht der Schrank, der unten im Haus von Mr. Sands stand!«

»Woher wollen Sie denn das wissen?«

»Aus einem sehr guten Grund. Unser Freund hat doch einen Pfeil auf mich abgeschossen. Der flog dicht an meinem Kopf vorüber und blieb in der Tür des Schrankes stecken. Ich habe nun die Oberfläche genau untersucht, es läßt sich aber keine Stelle finden, an der der Pfeil eingedrungen sein könnte.«

»Wissen Sie denn genau, daß der Pfeil ins Holz eindrang?«

»Ob er steckenblieb, weiß ich nicht. Jedenfalls muß aber die Metallspitze des Pfeils gegen die Türfläche geprallt sein, und dabei wurde die glatte Farbschicht irgendwie verletzt. Ich hörte doch, daß der Pfeil dagegenschlug.«

»Ja, das stimmt, ich habe es auch gehört«, pflichtete der Detektiv bei. »Sie haben recht, der Pfeil muß irgendwo gelandet sein. Und da Sie vor dem Schrank standen, bleibt uns nichts anderes übrig. Wenn Sands tatsächlich das ist, wofür wir ihn halten, hat er natürlich vorausgeahnt, daß wir nach dem Verbleib des Schrankes forschen würden. Deshalb ist er einfach fortgegangen und hat einen anderen gekauft. Die Tatsache, daß dieses Möbelstück erst spät gestern abend ankam, ist genügend Beweis dafür. Dieser Sands ist ein schlauer Kerl – er beschafft sich immer gleich im voraus ein Alibi. Den Tag haben wir tatsächlich verloren.«

»Das würde ich noch nicht sagen«, meinte Jimmy, der sich auf der Rückseite eines Briefes eifrig Notizen machte.

»Für Sie mag es allerdings verlorene Zeit gewesen sein, denn Sie wollen ja keine Millionengeschichte darüber schreiben.«

Es war schon spät am Abend, als sie zur Stadt zurückfuhren, aber als sie ankamen, wurde Blessington in Scotland Yard ein Telegramm überreicht. Die beiden hatten sich in der Stadt getrennt; Jimmy war zu seinem Hotel zurückgegangen, wo er noch auf seinem Zimmer arbeitete. Man hörte von draußen das unermüdliche Klappern seiner Schreibmaschine, und als Blessington eintrat, sah er, daß der Boden über und über mit Schreibpapier bedeckt war.

»Jimmy, seien Sie jetzt endlich vernünftig und jagen Sie nicht immer so hinter dem schnöden Mammon her! Hören Sie zu, ich habe eine Neuigkeit. Der Brief wurde in Marseille angehalten. Eben erhielt ich ein Telegramm von der dortigen Polizeidirektion, in dem man mir mitteilte, daß der Brief tatsächlich abgefangen worden ist und uns als Einschreiben zugehen wird. Er muß übermorgen in London eintreffen. Ich habe telegrafisch verschiedene Instruktionen nach Marseille durchgegeben, aber ich weiß nicht, ob man sich dort danach gerichtet hat.«

Jimmy lehnte sich in seinem Stuhl zurück und nickte.

»Wenn wir den Brief haben, kommen wir sicher ein gutes Stück weiter. Wie steht es aber mit Sands?«

»Ich habe Befehl gegeben, ihn ständig zu beobachten. Wir lassen ihn nicht mehr ohne weiteres umherlaufen, bis wir den Fall aufgeklärt haben. Es ist allerdings möglich, daß wir ihm ein großes Unrecht antun. Und wie sieht es denn hier aus? Hat Miss Leman ihre Rechtsanwälte heute aufgesucht?«

Jimmy nickte und machte ein trauriges Gesicht.

»Sie hat sowohl englische als auch amerikanische Anwälte aufgesucht, aber alle haben übereinstimmend erklärt, daß Lemans ganzes Vermögen an seine Frau ginge, da er verheiratet war und ohne Testament starb. Es ist ganz gleich, welche Verbrechen sie auch begangen haben mag. Es hat auch keinen Zweck, die Rechtmäßigkeit der Ehe anzuzweifeln. Sie hat zwar einen falschen Namen angegeben, und es ist auch möglich, daß die beiden sagten, sie seien in Griddelsea ansässig, um in so kurzer Zeit heiraten zu können. Aber das sind alles Gründe, mit denen man eine Nichtigkeitsklage nicht durchbringen kann. Es bedeutet nur, daß sich einer oder beide schuldig gemacht haben und deshalb bestraft werden können. Der alte Leman ist aber tot, und bei ihr machen ein paar Tage Gefängnis mehr oder weniger nichts aus. Das ist die rechtliche Lage«, erklärte Jimmy gutgelaunt.

»Dann steigen also Ihre Chancen, Jimmy«, sagte Blessington ironisch. »Sie scheinen ja sehr vergnügt zu sein.«

Warum sollte ich denn nicht vergnügt sein? Natürlich tut es mir furchtbar leid, daß sie das Vermögen verliert, aber dadurch gewinne ich. Und ich weiß wirklich nicht, was ich in ihrem Interesse wünschen soll.«

»Verliebtheit«, erklärte Blessington ernst, »ist eine der schlimmsten Krankheiten. Man könnte fast in Versuchung kommen, derartig verliebte Leute ins Irrenhaus zu stecken!«

»Machen Sie die Tür von außen zu«, erwiderte Jimmy höflich. »Sie stören mich hier in Ausübung meiner literarischen Tätigkeit.«

Nachdem Blessington gegangen war, arbeitete er noch eine halbe Stunde weiter, dann sammelte er die Bogen von der Erde auf und schloß sie in einer Schublade ein. Nachdem er seinen Rock angezogen hatte, ging er den Korridor entlang, bis er zu dem Raum kam, den Faith als Wohnzimmer innehatte. Als er klopfte, kam sie an die Tür.

»Ich bin müde von der Arbeit«, sagte er. »Wollen wir noch einen kurzen Spaziergang machen?«

Draußen war es warm, und die Sterne funkelten am Himmel. Selbst die kleinen Anlagen mitten in dem großen Steinmeer Londons atmeten Frieden und Ruhe.

Lange Zeit gingen die beiden schweigend nebeneinander her, bevor Jimmy zu sprechen begann.

»Faith, sind Sie davon überzeugt, daß die Rechtsanwälte sich nicht irren?«

»Ja, Jimmy. Aber warum fragen Sie?« entgegnete sie erstaunt. »Die Antwort, die ich erhielt, war so klar und präzise wie nur irgend möglich. Die Bestimmungen im amerikanischen Erbrecht sind fast genau dieselben wie in England. Ich habe überhaupt keine Möglichkeit, auch nur auf einen Teil der Erbschaft zu klagen, und ich möchte von dem Geld auch nichts anrühren. Nur meine Mutter macht mir Sorgen. Wenn mein Onkel ihr wenigstens eine kleine Rente ausgesetzt hätte!«

»Also sind Sie wirklich ohne Vermögen?«

»Ja, Jimmy. Das habe ich Ihnen doch schon so oft gesagt. Warum fragen Sie mich denn immer wieder?«

Jimmy versuchte zu sprechen, aber er war nicht dazu imstande. Erst nach einiger Zeit räusperte er sich umständlich, aber als er sprach, klang seine Stimme immer noch heiser.

»Faith, ich glaube, daß ich bald sehr viel Geld verdienen werde. Holland Brown wird mir ja nicht gerade eine Million Dollar für die Aufklärung des Verbrechens zahlen, aber immerhin wird es schon eine runde Summe werden. Abgesehen davon habe ich auch selbst etwas Vermögen, und ich kann bestimmt ein paar hundert Dollar in der Woche verdienen, wenn ich erst richtig in Fahrt bin.«

»Ja, Jimmy?« erwiderte sie in einem Ton, als ob sie über eine Sache sprächen, für die sie sich notgedrungen interessieren müßte.

»Faith, Sie haben mir neulich einmal gesagt, daß Sie mich nicht liebten, und offen gestanden glaube ich auch, daß Sie mich überhaupt nicht lieben.«

»Wie kommen Sie nur auf den Gedanken, daß ich Sie überhaupt nicht liebe?« fragte sie unlogischerweise.

»Sie sagten doch ... Es scheint einfach nicht möglich zu sein.«

»Sie meinen, daß ich Sie liebe?« fragte sie naiv. »Jimmy, es ist nicht nett, daß Sie so etwas sagen.«

»Ich wollte es Ihnen doch nur erklären«, erwiderte er und wurde über und über rot. »Es ist doch ganz klar, daß Sie einen Mann wie mich nicht gern haben können.«

»Warum nicht? Ich halte Sie für einen lieben und guten Charakter, und wenn ein junges Mädchen einen solchen Mann nicht mag, dann ist das ein großes Armutszeugnis für sie selbst.«

Jimmy wurde es heiß; er konnte kaum noch sprechen. Er empfand es als unfair, jetzt die Lage auszunützen, und er war sehr böse auf sich, daß er sich plötzlich selbst in eine Situation gebracht hatte, in der er nicht mehr ein noch aus wußte.

»Faith«, brachte er schließlich hervor, »ich meinte vorhin nicht nur gern haben, sondern heiß und aufrichtig lieben. Ich meinte, daß Ihre Liebe stark genug wäre, mich zu heiraten.«

»Ja, Jimmy«, sagte sie leise.

»Sehen Sie, das meine ich«, fuhr er fort und bekam Mut, als er sah, daß sie verlegen wurde.

»Ich meine eine solche Liebe, die zur Ehe führt.«

Es folgte eine lange Pause.

»Also nehmen wir einmal an, daß sie – ihn liebt«, erwiderte sie schließlich. »Ist sie dann auch verpflichtet, ihm einen Heiratsantrag zu machen?«

Jimmy wußte sich im Augenblick nicht zu helfen.

»Nein, das nicht«, sagte er endlich. »Wenn Sie mich lieben, dann sagen Sie nur: Jimmy, ich will es versuchen.«

»Wann soll ich das sagen?«

»Ich meine, wenn ich Sie bäte, mich zu heiraten, weil ich Sie mehr liebe als alles andere auf der Welt, dann müßten Sie sagen –«

Sie legte beide Hände auf seine Schultern.

»Aber warum sagst du es mir nicht gleich?« flüsterte sie. »Fällt es dir denn so schwer?«

Jimmy nahm sie glückstrahlend in die Arme . . .

Eine Stunde später fand der junge Mann wieder zur harten Wirklichkeit zurück, als er beinahe von einem Taxi überfahren worden wäre.

»Ach, es ist alles so herrlich!« sagte sie. »Ich weiß immer noch nicht, ob ich wache oder träume . . . Aber Jimmy, glaubst du nicht, daß ich dich in deinem Beruf stören werde?«

»Du sollst mich stören?« erwiderte Jimmy begeistert. »Faith, deine Liebe macht mich glücklicher, als ich jemals war, und ich freue mich ja so sehr – daß du die Erbschaft nicht bekommst, sonst hätte ich niemals den Mut gefunden, dir einen Antrag zu machen.«

Sie drückte seinen Arm fest an sich.

»Ich habe schon gefürchtet, daß du es nicht tun würdest, und der Gedanke war mir so peinlich, daß ich es dir sagen müßte. Aber wenn nichts übriggeblieben wäre, hätte ich es trotzdem gewagt.«

Jimmy sagte nichts mehr. Er war sehr glücklich.

14

»Hallo, Jimmy.«

Der Journalist saß behaglich auf einer Bank im Hyde Park und nahm eben den Hut ab. Dann sah er sich nach dem Mann um, der ihn anrief. Er sah nur noch eine Hand, die ihm aus einem Auto zuwinkte und einen grauen Filzhut schwenkte, außerdem das Ende einer langen Zigarre. Aus all diesen Anzeichen schloß er, daß es niemand anders sein konnte als Holland Brown. Das Auto bremste, der Zeitungsmagnat lehnte sich über den Rand des Wagens und streckte Jimmy die Hand entgegen.

»Es ist ja alles im Fluß«, sagte er. »Ich bin Ihnen äußerst dankbar, daß Sie die ersten Nachrichten vom Selbstmord des alten Leman an mich geschickt haben. Aber was steckt denn dahinter?«

Jimmy zwinkerte ihm zu.

»Neun Kapitel meiner Millionengeschichte haben sich schon abgespielt, Mr. Brown. Ich weiß nur noch nicht, in welchem Kapitel ich die Enthüllung bringen soll.«

Holland Brown war trotz seiner äußeren Ruhe und Behaglichkeit doch ein sehr tüchtiger Zeitungsmann. Er hatte sich von unten emporgearbeitet und kannte das Zeitungsgeschäft. Er nahm die Zigarre aus dem Mund und sah Jimmy durchdringend an.

»Ich habe tatsächlich das Gefühl, daß Sie dabei sind, eine Millionengeschichte zu schreiben. Selbstmord kann das nicht sein.«

»Lesen Sie später in Kapitel sechs nach, wenn Sie die Geschichte bekommen.«

»Sollte ich in Paris sein, wenn Sie Ihre Geschichte beenden, dann schicken Sie sie mir nicht zu. Senden Sie mir nur ein Telegramm, dann komme ich sofort im Flugzeug nach London. Ich werde Ihnen natürlich nicht eine Million Dollar dafür zahlen, denn ich will nicht haben, daß mich die Leute für verrückt halten, aber auf ein glänzendes Honorar können Sie rechnen.«

»Schön, ich werde meine Rechnung danach einrichten, Mr. Brown.«

»Kann ich etwas tun, um Ihnen zu helfen?«

Jimmy dachte einen Augenblick nach.

»Ist Mrs. Brown in Paris?«

»Nein, sie ist im Augenblick in London, und zwar mit unseren beiden Töchtern. Aber warum fragen Sie?«

»Sehen Sie, es ist eine junge Dame in diesen Fall verwickelt.«

»Ach, meinen Sie die Nichte des alten Leman? Aber warum werden Sie denn so furchtbar rot, Jimmy? Sie wollen doch nicht etwa die Millionengeschichte heiraten?«

»Nein, selbstverständlich heirate ich nicht die Geschichte«, erwiderte Jimmy. »Aber ich wäre Mrs. Brown sehr zu Dank verpflichtet, wenn sie sich Miss Lemans annehmen würde. Sie steht ganz allein in London und hat kaum Damenbekanntschaften.«

»Ich werde das Auto zu ihrer Wohnung schicken. Wo ist sie augenblicklich? Meiner Frau wird es Freude machen, ihr zu helfen.«

Plötzlich sah er Jimmy an.

»Ist das Mädchen am Ende irgendwie in Gefahr?« fragte er schnell.

Jimmy nickte.

»Ich weiß nicht, was es ist, und ich kann auch keine Gründe dafür angeben, aber ich habe das Gefühl, daß sie sich in großer Gefahr befindet. Hier ist ihre Adresse.«

Er schrieb sie auf ein Blatt seines Notizbuches und gab es seinem früheren Chef.

»Heute nachmittag um zwei werde ich den Wagen schicken – ist es so recht? Meine Frau oder auch meine Töchter werden sie im Hotel abholen.«

Jimmy schüttelte Brown dankbar die Hand und setzte sich beruhigt wieder auf seine Bank. Den Morgen hatte er gut verbracht. Eine der Hauptschwierigkeiten, die ihm Sorge bereiteten, war nun aus der Welt geschafft.

Er mußte zu Faith gehen, ihr erzählen, was er getan hatte, und vor allem ihre Einwilligung einholen. Es gab noch eine Menge zu tun; außerdem hatte er eine Verabredung zum Mittagessen mit Blessington. Und er wußte, daß er viel ruhiger und besser arbeiten konnte, wenn sich Faith in Sicherheit befand. Er fuhr sofort mit einem Taxi zum Hotel und schickte einen Pagen zu ihrem Zimmer. Aber der kam zurück und sagte ihm, die junge Dame sei vor einer halben Stunde ausgegangen. Er wartete, bis es Zeit war, zu Tisch zu gehen, und bat Blessington dann telefonisch, zu ihm ins Hotel zu kommen. Aber als der Inspektor in die Hotelhalle trat, war Faith immer noch nicht angekommen.

»Vielleicht speist sie außerhalb?« meinte er.

Jimmy schüttelte den Kopf.

»Sie hat mir ausdrücklich versprochen, mich vor dem Essen zu treffen, und ich weiß, daß sie ihre Verabredung mit mir unter allen Umständen einhalten wird – besonders unter den jetzigen Umständen«, fügte er hinzu.

Blessington fragte nicht, was Jimmy damit meinte, aber er erriet, was es zu bedeuten hatte.

»Haben Sie etwas Neues erfahren?« fragte Jimmy.

»Ich sammle Material, damit Sie eine schöne Geschichte schreiben können. Der eingeschriebene Brief muß übrigens morgen hier eintreffen. Allem Anschein nach hat jemand von London aus Sands' Agenten in Marseille ebenfalls telegrafisch angewiesen, den Brief in Empfang zu nehmen. Die Polizei hat den Betreffenden sofort verhaftet, aber das geschah so spät, daß er die Möglichkeit hatte, vorher noch entsprechend nach London zu telegrafieren. Die französische Polizei ist überhaupt furchtbar langweilig. Es dauert eine Ewigkeit, bis die sich in Bewegung setzt. Als sie dann den Mann schließlich hinter Schloß und Riegel hatten, war das Unglück schon geschehen. Er verweigert jede Aussage darüber, wer sein Auftraggeber hier in London ist. Aber das macht ja weiter keine Schwierigkeiten, denn ich weiß es.«

»Ist es bestimmt Sands?«

Blessington nickte.

»Das unterliegt nicht dem geringsten Zweifel.«

»Haben Sie noch etwas Neues von Margaret Leman gehört?«

»Nein. Die Polizei in Marseille hat telegrafiert, daß sie dort nicht anwesend sei. Sie ist auch in keinem Hotel an der Riviera als Gast eingetragen. Wir können ohne weiteres annehmen, daß sie England niemals verlassen hat – vielleicht ist sie überhaupt nicht von London fortgekommen.

Ich möchte Sie übrigens noch warnen, Jimmy. Ich erzähle Ihnen das nicht etwa, um Sie unnötig zu erschrecken, aber sorgen Sie vor allem dafür, daß Ihre Freundin nicht in Gefahr gerät.«

»Was meinen Sie damit?«

»Wenn sie von ihren Einkäufen heute vormittag zurückkehrt,

darf sie unter keinen Umständen mehr ausgehen, ganz gleich, wer sie einlädt. Auch nicht zu Theater, Konzert oder anderen Veranstaltungen, die junge Damen ohne Begleitung besuchen.«

»Sie haben mir noch nicht alles gesagt. Was halten Sie zurück, Blessington?«

»Gut, ich werde es Ihnen sagen«, erwiderte der Polizeiinspektor leise. »Ich habe unserem Agenten in Marseille den Auftrag gegeben, den Brief zu öffnen und mir den Inhalt telegrafisch mitzuteilen.«

Jimmy fragte nicht, aber sein Herz schlug schneller, und er wußte bereits, daß neue Unannehmlichkeiten und Sorgen für ihn auftauchen würden.

»Das Dokument, das der Brief enthielt«, fuhr Blessington fort, »ist ein Testament, das Harry Leman am Abend vor seiner Ermordung ausgefertigt hat. Und er hat darin sein ganzes Vermögen ohne Einschränkung seiner Nichte vermacht.«

Jimmy taumelte zurück, als ob er einen Schlag erhalten hätte.

»Sie wollen mich doch nur zum besten halten«, sagte er heiser.

»Durchaus nicht. Das steht im Testament. Und was noch wichtiger ist, die Urkunde ist von Margaret Leman gegengezeichnet.«

»Aber – aber«, stammelte Jimmy.

Der Inspektor schüttelte den Kopf.

»Was das alles zu bedeuten hat, kann ich Ihnen im Augenblick nicht sagen. Ich kann es nicht einmal vermuten. Sie sind der einzige, der diese merkwürdige Unterhaltung rekonstruieren kann, die an dem Abend vor Lemans Tod stattfand.«

»Ein Testament! Dann wird Faith also doch noch eine reiche Frau?«

Jimmy fuhr sich mit der Hand über die Stirn.

Blessington sah, daß die Nachricht den jungen Mann mehr mitnahm, als er ursprünglich geglaubt hatte. Aber schließlich faßte sich Jimmy wieder.

»Ich kann natürlich nur Vermutungen aufstellen, aber ich denke mir den Hergang folgendermaßen: Aus Gründen, die wir noch erfahren werden, ging Margaret Maliko zu Lemans Haus. Allem Anschein nach war er nicht ihr Gatte, sonst hätte sie das Testament überhaupt nicht unterschrieben. Wahrscheinlich hat sie ihm alles eingestanden und als Gegenleistung von ihm verlangt, daß er sie in Sicherheit bringen sollte. Vermutlich hat sie Australien vorgeschlagen. Leman hat doch den Namen eines Schiffs aufgeschrieben, ebenso das Abfahrtsdatum und die Summe, die für die Reise notwendig war. Ich nehme an, daß sie ihm den Plan zu seiner Ermordung aufgedeckt hat, und ihre Mitteilung brachte ihn in solche Bestürzung, daß er kurz vor Toresschluß doch noch ein Testament machte, um die Intrigen der Gegenseite zu durchkreuzen und die anderen daran zu hindern, sich sein Geld anzueignen.«

»Es hängt alles zusammen«, stimmte Blessington zu. »Glauben Sie, daß die Frau im Haus war, als das Verbrechen begangen wurde? Um ein Verbrechen handelt es sich doch zweifellos.«

Jimmy nickte.

»Lassen Sie mich die Sache aufschreiben. Ich kann viel klarer denken, wenn ich eine Feder in der Hand habe.«

Er trat an einen Schreibtisch und bedeckte einen Bogen nach dem anderen mit seiner großen, klaren Schrift. Aber während er arbeitete, hatte er ständig das ungewisse Gefühl, daß ihm schweres Unglück drohte. Ja, er hatte im Unterbewußtsein die Empfindung, daß Faith in Gefahr war. Aber trotzdem fesselte ihn seine Arbeit so sehr, daß seine Feder geradezu über das Papier flog. Und nach und nach gelang es ihm, die Millionengeschichte zu rekonstruieren. Der Polizeiinspektor hatte auf einem Stuhl neben ihm Platz genommen. Seine Aufmerksamkeit teilte sich zwischen dem eifrig arbeitenden Jimmy und der Schwingtür, die jeden Augenblick in Bewegung gesetzt wurde. Faith Leman war immer noch nicht zurückgekehrt.

»So, jetzt habe ich alles ausgearbeitet«, sagte Jimmy schließlich. »Die Trauung war nur eine Schiebung; eine Verheiratung Harry Lemans hat gar nicht stattgefunden, das wurde von John Sands nur so hingestellt. Er hat den ganzen Plan ausgedacht und zur Durchführung gebracht. In der Strafgefangenen, die ihm in den Weg kam, sah er die Frau, die er derartig unter Druck halten konnte, daß sie alles tat, was er wollte. Die konnte nicht zur Polizei gehen und ihn anzeigen! Ob er gleich von Anfang an die Absicht hatte, Leman zu ermorden, oder ob er nur hoffte, daß der Millionär bald eines natürlichen Todes sterben würde, ist im Augenblick gleichgültig. Die Hauptsache ist, daß er eine Frau hatte, die er als Mrs. Leman ausgeben konnte. Ja, und – zum Donnerwetter, jetzt weiß ich es!« rief Jimmy plötzlich. »Sands hat sie geheiratet, nicht Leman!

Es ist ihm gelungen, Leman für einen Tag unter irgendeinem Vorwand aus der Stadt zu locken, und von all den Standesbeamten in England hat er sich den ausgesucht, der nicht mehr lange leben konnte. Dazu gehörten natürlich unendlich langwierige Nachforschungen, aber Sands hat eine unheimliche Geduld bei der Sache bewiesen. Margaret Leman ist in Wirklichkeit Margaret Sands!«

Der Polizeiinspektor nickte.

»Fahren Sie nur fort! Was ist sonst noch passiert?«

»Es klappt alles vorzüglich! Leman starb an demselben Tag, an dem ich seine Trauungsurkunde ausfindig gemacht hatte. Sands wußte, daß ich die Absicht hatte, den alten Mann zu besuchen, und damit ging sein Plan in die Brüche. Er hatte den Mord geplant – aber noch viel mehr, er hatte von vornherein für ein Alibi gesorgt und alles so eingerichtet, daß der Verdacht auf einen anderen fallen mußte. Sands hatte Faith die kleine Flasche mit Blausäure geschickt! Ich erinnere mich jetzt, daß sie mir erzählte, sie hätte mit Sands über einen Fleck in ihrem Kleid gesprochen. Jetzt wird alles klar, Blessington. Sands ging mit mir zur Wohnung in der Davis Street, aber er ging zuerst allein –«

Blessington sprang auf.

»Selbstverständlich haben Sie recht. Ich habe mich auch täuschen lassen. Harry Leman hatte doch die Gewohnheit, zwei Likörgläser voll Kognak einschenken zu lassen, eins für sich selbst, das andere für seinen Freund. Sicherlich würde er nicht einen Kognak für einen Gast haben eingießen lassen, wenn er wußte, daß der ihm nach dem Leben trachtete. Faith hatte natürlich keine Ahnung, um was es sich bei dem Besuch von Sands handeln würde. Sie wußte nur, daß er wie gewöhnlich um acht Uhr ihren Onkel besuchen würde. Deshalb hatte sie beide Gläser eingeschenkt.

Sands hat Sie unten allein gelassen und ist die Treppe hinaufgegangen, um mit Leman zu sprechen. Der alte Millionär hat sich zunächst wohl nichts anmerken lassen, um Sands nicht vorzeitig zu warnen. Der ging aber gleich zu dem kleinen Büfett, das an der Wand stand, und es gelang ihm, unbemerkt die Blausäure in Lemans Glas zu schütten. Dieses bot er ihm dann an.«

Der Polizeiinspektor hielt einen Augenblick inne und überlegte, ob er in seine Schlußfolgerung alles einbezogen hatte, und Jimmy erzählte weiter.

»Es wäre ja möglich gewesen, daß Leman zögerte. Auf jeden Fall hatte er dann aber das Glas geleert und ist ein paar Sekunden darauf zu Boden gestürzt. Entweder war er sofort tot, oder er lag in den letzten Zügen. Sands hat ihn aufgehoben und aufs Sofa gelegt. Um Leman nicht stutzig zu machen, hatte er zuerst auch ausgetrunken. Das hätte ihn natürlich verraten können. Er wußte aber, wo die Kognakflasche aufbewahrt wurde, nahm sie heraus und füllte sein Glas aufs neue. Aber nun kommt der Fehler: Er hat die Flasche auf dem Büfett stehenlassen.«

»Meinen Sie, er wußte nicht, daß die Frau zugegen war und sich im anderen Zimmer befand?«

»Ja, sie muß in dem kleinen Zimmer gewesen sein, das man durch die Tür hinter dem Sofa erreichen kann«, erwiderte Jimmy schnell. Wahrscheinlich war sie Zeugin der Unterhaltung. Sie muß alles gehört haben, was Sands und Leman vor dessen Tod noch miteinander sprachen.«

»Wo mag sie jetzt wohl sein?« fragte der Inspektor. Jimmy schüttelte nur den Kopf, erhob sich ein wenig ungeduldig und sah auf die Uhr.

»Blessington, ich habe das Gefühl, daß wir hier unsere Zeit vergeuden. Faith Leman müßte doch längst wieder ins Hotel zurückgekommen sein – es ist halb zwei!«

»Vielleicht hat sie in der Stadt jemand getroffen«, versuchte Blessington ihn zu beruhigen, obwohl er das selbst für sehr unwahrscheinlich hielt. »Es hat keinen Zweck, Aufsehen zu erregen. Wir wollen doch vor allem Miss Leman nicht lächerlich machen.«

»Besser lächerlich als tot«, entgegnete Jimmy erregt und ging zur Tür.

15

Sie ließen im Hotel Nachricht für Faith zurück, daß sie nach ihrer Rückkehr unter keinen Umständen das Hotel wieder verlassen sollte. Außerdem wurde vereinbart, daß der Portier sofort ihre Ankunft telefonisch nach Scotland Yard melden sollte.

Die beiden fuhren mit einem Taxi zum Polizeipräsidium, dann zu dem Haus in der Charles Street. Blessington klopfte an die Haustür, aber es antwortete niemand. Auch stärkeres Pochen hatte keinen Erfolg. Schließlich nahm er einen Bund Nachschlüssel aus der Tasche und versuchte sie der Reihe nach. Der vierte paßte, und sie traten ins Haus.

Nirgends war Unordnung zu entdecken; die Räume waren

einsam und verlassen. Auch eine Durchsuchung von Sands' Schlafzimmer ergab nichts Neues. Sein Schlafanzug lag sorgsam gefaltet auf dem Kissen, sein Bademantel über einem Stuhl, und darunter standen die Pantoffeln. Auf dem Schreibtisch in dem angrenzenden Arbeitszimmer fanden sie einen Stoß Quittungen, ein Scheckbuch und eine Zigarrenspitze aus Bernstein.

»Öffnen Sie doch einmal den Schrank«, rief Jimmy. Dann untersuchte er schnell den Inhalt.

Er entdeckte mehrere graue und weiße Flanellhosen.

»Sands ist Amerikaner und spielt infolgedessen kein Kricket. Wir wollen einmal seine Stiefel ansehen.«

Auf einem langen Regal standen mindestens ein Dutzend Paar Schuhe und Stiefel, alle sauber geputzt.

»Zwei Paar weiße Tennisschuhe, in Amerika hergestellt«, sagte Blessington. »Die Sohlen sind nicht abgenützt. Mr. Sands spielt zwar nicht Kricket, aber er scheint Boot zu fahren. Und dadurch kommen wir auf einen Strom oder einen Fluß. Jetzt wollen wir uns einmal seine Hüte ansehen, vor allem die Strohhüte.«

»Was wollen Sie denn dadurch erreichen?«

»Strohhüte werden sehr häufig gerade an dem Platz gekauft, wo man sich zur Zeit befindet, und geben infolgedessen manchmal merkwürdige Anhaltspunkte. Zur Aufklärung sind sie oft sehr wichtig für mich gewesen.«

Als die beiden suchten, fanden sie auf dem Schrank tatsächlich drei Strohhüte.

»Der erste hier ist in London gekauft, der zweite in Maidenhead – das ist übrigens ein ziemlich großer Ort. Und der dritte stammt aus Marlow, das ist ein kleines Nest. Nun zu den Quittungen. Vielleicht finden wir da etwas.«

Er trat zum Schreibtisch und blättert die einzelnen Papiere durch. Zunächst entdeckte er nichts. Schließlich zog er eine Schublade auf, und wie er erwartet hatte, fand er hier alle Quittungen säuberlich und ordentlich nach Vierteljahren gebündelt.

»Hier wollen wir gleich einmal nachsehen«, erklärte Blessington, indem er einen kleinen Stoß aus der Schublade nahm. »Benzinrechnungen von einem Händler in Maidenhead – die anderen sind aus London. Wenn Sands aber Benzin in Maidenhead kauft, muß er ein Motorboot haben.«

»Wieso haben Sie an einen Fluß oder an Wasser gedacht?« fragte Jimmy.

»Weil ich diese Klasse von Leuten kenne, der John Sands angehört. Er treibt keinen Sport, bei dem er sich persönlich viel anstrengen muß, aber offenbar hatte er noch eine andere Passion als Autofahren. Wenn er der Autofahrer ist, der an dem Tag durch Aylesbury kam, als die Gefangene aus dem Zuchthaus entfloh, dann liegt doch die Möglichkeit nahe, daß er von seinem Landhaus nach London fuhr. Er übt in England keine berufliche Tätigkeit aus und hat nur ein paar Freunde, die natürlich von mir aufgefunden wurden. Vorsichtige Nachforschungen haben ergeben, daß John Sands ein paar Wochen außerhalb Londons weilte, bevor Margaret Maliko aus dem Gefängnis entfloh. Vielleicht entsinnen Sie sich noch: Der Oktober vor zwei Jahren war ein herrlicher Monat, bis plötzlich das Wetter umschlug. Wir wollen nach Marlow fahren; dabei kommen wir unterwegs durch Maidenhead.«

Der Inhaber der Tankstelle in Maidenhead, von dem die Rechnungen stammten, war ein gesprächiger Mann. Er kannte Mr. Sands flüchtig und sagte aus, daß er nicht nur Benzin für das Auto, sondern auch für das Motorboot geliefert habe.

»Seit einiger Zeit ist er nicht mehr hergekommen, aber ich weiß, daß er ein Haus in der Nähe von Marlow besitzt. Er kam immer aus der Richtung.«

»Wie heißt denn sein Motorboot?« fragte Blessington, der genau wußte, daß all diese kleinen Fahrzeuge einen besonderen Namen führten.

»›Money-Spinner‹. Es war eins der schnellsten auf dem Fluß hier. Ich weiß nicht, was damit passiert ist, aber ich habe es seit ungefähr zwei Jahren nicht mehr gesehen.«

Blessington nickte befriedigt.

Als sie nach Marlow kamen, machten sie die interessante Entdeckung, daß zwar niemand etwas von Mr. Sands wußte, aber alle Leute die »Money-Spinner« kannten.

»Sie gehört einem Herrn, der ein Haus an einer Bucht hat. Seit zwölf Monaten ist das Boot aber nicht mehr hier vorbeigekommen.«

Bei ihren weiteren Nachforschungen konnten sie das Haus leicht finden, aber es war leer und nicht bewohnt. Allem Anschein nach gehörte es jetzt einem anderen. Keiner der Nachbarn kannte die Adresse des früheren Bewohners.

»Der ist schon lange Zeit fort«, erklärte der Verwalter des anliegenden Grundstücks. »Er hat das Haus aufgegeben und ist ganz nach London gezogen. Das Bootshaus benützt er auch nicht mehr.«

»Das Bootshaus?« fragte Jimmy interessiert. »Wir haben doch gar kein Bootshaus entdecken können?«

»Es liegt etwas entfernt an einer großen Bucht zwischen zwei Inseln. Sie können es von der Straße aus sehen, wenn Sie hier entlangfahren. Früher gehörte es Lord Welbourne, der hatte dort ein großes Motorboot. Aber der Wasserspiegel des Flusses sank, und seitdem konnte er das Bootshaus nicht mehr gebrauchen. Später hat es ein Herr aus London gemietet und eine Art Wochenendhaus daraus gemacht. Er hat einen Zwischenboden eingezogen; unten stellt er sein Boot ein, oben wohnt er.«

Blessington und Jimmy sahen einander an.

»Das müssen wir genauer ansehen«, sagte der Polizeiinspektor.

Sie mieteten ein flaches Boot und fuhren damit über die seichten Stellen am Ufer. Nur durch Zufall fanden sie den Eingang zu der großen Bucht, der ziemlich versteckt hinter hohem Schilf und Ried lag, und sahen das große, schöne Bootshaus. Unter den Einflüssen der Witterung hatte es allerdings etwas gelitten. Es stand teils auf dem Land, teils ruhte es auf Pfählen im Wasser. Der untere Teil war durch ein großes Tor geschlossen, das bis ins Wasser hineinreichte. Das obere Geschoß hatte mehrere Fenster ohne Gardinen; die Glasscheiben waren sehr schmutzig und seit langer Zeit nicht gereinigt worden. Der Eingang zu den oberen Räumen lag auf dem Land, und man konnte ihn auf einem Fußweg erreichen, der am Ufer der Bucht entlangführte. Sie landeten in einiger Entfernung von dem Haus und gingen den Pfad entlang. Es war ihnen beiden klar, daß sie sich einem Versteck von Mr. Sands näherten. Daher suchten sie sich auch möglichst hinter Bäumen und Sträuchern zu verbergen, damit er sie nicht sehen sollte, falls er zur Zeit selbst im Haus war. Vom Uferweg bog ein anderer Pfad ab, der direkt zur Tür des Bootshauses führte. Jetzt blieb ihnen nichts anderes übrig, als ins Freie hinauszutreten, um sich dem Hause zu nähern.

Mr. Sands beobachtete interessiert aus den nahen Sträuchern, wie die beiden herankamen.

Er hatte sich in einem großen Rhododendronbusch versteckt und hielt ein geladenes Gewehr, das er auf Jimmy Cassidy gerichtet hatte. Bei dem hellen Sonnenschein am Nachmittag konnte er gut zielen. Blessington kam hinter Jimmy her, ging zur

Tür und versuchte, sie zu öffnen, fand sie aber verschlossen. Dann sah er durch eines der unteren Fenster, konnte aber im Innern nur einen leeren Raum entdecken.

»Was meinen Sie? Versuchen wir, hineinzukommen?«

Jimmy sah sich in dem verwilderten Garten um, auf dessen Wegen überall Unkraut wucherte. Dann schaute er den Weg entlang, den sie gekommen waren, und schließlich fiel sein Blick auch auf das Rhododendrongebüsch, in dem sich John Sands versteckt hielt. Eine Sekunde später blickte er hoch, als ob er es sich überlegte.

»Es wird sich nicht lohnen«, sagte er dann ruhig. »Wir sind auf der falschen Spur. Wenn wir zur Stadt zurückkehren, werden wir wahrscheinlich feststellen, daß sie entkommen ist.«

Blessington sah ihn verblüfft an.

»Ich habe mich getäuscht. Man soll doch immer nur nach Tatsachen gehen und nicht so wilde Theorien aufstellen. Ich habe mich zu sehr von meiner Phantasie leiten lassen.«

»Aber Sie meinten doch vorher –«, entgegnete der Detektiv.

Jimmy lachte.

»Ich war eben auf dem Holzweg.« Er nahm den Inspektor am Arm, und sie gingen zu ihrem Boot zurück.

»Aber –«, protestierte Blessington aufs neue.

»Gehen Sie immer geradeaus und reden Sie nichts. Wenn Sie einen Schuß hören, werfen Sie sich sofort auf den Boden. Sagen Sie, bin ich eigentlich rot geworden? Das passiert mir nämlich immer, wenn ich jemand sehe, der mit einem Gewehr auf mich zielt.«

16

Am Morgen war Faith Leman in bester Stimmung aufgewacht. Sie freute sich, daß sie so lange geschlafen hatte, denn nun war der Zeitpunkt nahe herangekommen, an dem sie Jimmy wiedersehen würde. Das ganze Leben lag jetzt herrlich vor ihr. Sorgen, Kummer und Furcht waren verschwunden. Am liebsten hätte sie laut singen mögen. Sie hatte Jimmy versprochen, sich zum Ausgehen fertigzumachen, und er wollte sie vor dem Mittagessen abholen. Um elf Uhr war sie fertig. Kurz darauf klingelte das Telefon.

»Sind Sie am Apparat, Miss Leman?« fragte John Sands.

Sie erkannte ihn an der Stimme.

»Ja.«

»Ich möchte Sie kurz sprechen, wenn Sie soviel Zeit für mich übrig haben. Ich muß Ihnen etwas mitteilen, was mir Ihr Onkel gesagt hat und was bis jetzt noch nicht an die Öffentlichkeit kam.«

»Wäre es nicht besser, wenn Sie darüber mit Mr. Cassidy sprächen?« erwiderte sie zögernd. »Er kommt zwischen elf und zwölf ins Hotel zurück.«

»Es wäre mir lieber, wenn Sie die Sache später Mr. Cassidy mitteilten. Er braucht nicht gerade zu wissen, daß ich Ihnen diese gute Nachricht brachte, denn er ist aus irgendeinem Grund argwöhnisch und sieht unsere Bekanntschaft nicht gern. Aber Sie wissen ja, Miss Leman, daß ich stets das Bestreben hatte, Ihr Leben möglichst angenehm zu gestalten und Sie vor Sorgen und Unannehmlichkeiten zu schützen.«

»Ja, das weiß ich«, entgegnete sie herzlich. »Und Jimmys – ich meine Mr. Cassidys Ängstlichkeit und Besorgnis sind ja unter den augenblicklichen Verhältnissen auch zu verstehen, nicht wahr?«

»Selbstverständlich. Ich will ihm keinen Vorwurf machen.«

»Wo wollen Sie mich denn sprechen?«

»Kommen Sie doch zur Ecke der Blane und Oxford Street. Nehmen Sie kein Taxi, und falls Sie Mr. Cassidy begegnen sollten, sagen Sie ihm bitte nicht, daß Sie mich treffen wollen. Oder soll ich ihn lieber Jimmy nennen?«

Sie hörte, daß er leise lachte, und errötete leicht.

Als sie zu dem Treffpunkt kam, sah sie John Sands schon von weitem an der Ecke der beiden Straßen warten. Er war elegant und tadellos gekleidet.

»Ich habe ein Auto hier, wir wollen einsteigen. Während der Fahrt können wir bequemer miteinander sprechen und werden auch nicht zusammen beobachtet. Ich hätte Sie ja bitten können, mich in meiner Wohnung in der Charles Street aufzusuchen, da aber keine Dame in meinem Haus ist, habe ich davon abgesehen.«

Sie war angenehm berührt von dem Takt, den er ihr gegenüber an den Tag legte, und das alte Vertrauen zu ihm lebte wieder auf.

»Ich weiß, daß Sie sehr gut zu mir waren, Mr. Sands, und

meine Interessen meinem Onkel gegenüber immer vertreten haben«, sagte sie herzlich. »Und ich werde auch nicht vergessen, was Sie für mich getan haben.«

Ihre Worte gefielen ihm außerordentlich, und er sagte ihr das auch in höflicher Form.

»Ich stelle Ihre Freundschaft allerdings auf eine harte Probe«, fuhr er dann fort. »Ich möchte Sie bitten, Ihre Verabredung mit Jimmy heute vormittag aufzugeben und mit mir aufs Land zu kommen. Ich habe nämlich Mrs. Leman gefunden.« Sie sah ihn neugierig an.

»Wie ist denn das möglich, daß Sie sie gefunden haben? Sie lebt doch zur Zeit in Frankreich?«

Er schüttelte den Kopf.

»Nein, sie wohnt in England; sie war sogar die ganze Zeit hier, aber das ist eine sehr lange Geschichte, und ich will Sie im Augenblick nicht damit belästigen. Miss Leman, wissen Sie, daß Sie eine sehr reiche Dame sind?«

»Ich?« fragte sie erstaunt.

»Bevor Ihr Onkel starb – niemand beklagt seinen Tod mehr als ich –, hat er ein Testament zu Ihren Gunsten gemacht. Das Dokument hat er seiner Frau ausgehändigt. Ich selbst wußte nichts davon«, fügte er schnell hinzu. »Erst vor zwei Tagen erzählte mir Mrs. Leman die ganze Geschichte.«

»Aber das ist doch unmöglich! Wann hat er es denn geschrieben?«

»Er hat seinen Letzten Willen in Gegenwart von Mrs. Leman aufgesetzt und ihr das Schriftstück mit der Bitte überreicht, es Ihnen zu geben. Die unglückliche Frau hat mir dies nicht gleich gesagt. Welchen Grund sie dazu hatte, kann man ja vermuten; aber wir dürfen sie nicht zu streng beurteilen, Miss Leman. Es hat keinen Zweck, seine Mitmenschen zu scharf unter die Lupe zu nehmen.«

»Ich mache ihr durchaus keinen Vorwurf«, erwiderte Faith verwundert. »Aber warum soll ich denn aufs Land fahren?«

»Sie hat jetzt den Wunsch, Ihnen das Testament persönlich zu übergeben und Sie um Verzeihung zu bitten. Es sind eine ganze Reihe von Gründen vorhanden, warum wir im Augenblick keinen anderen einweihen wollen«, entgegnete John Sands ruhig und bedächtig und widerlegte dadurch von vornherein ihre Gegengründe. »Sie wird Ihnen die näheren Umstände erklären, unter denen sie getraut wurde, und dann werden Sie auch verstehen, warum Mr. Cassidy und sein Freund, der Polizeiinspektor, im Augenblick nichts von dem Geheimnis erfahren dürfen.«

»Ich kann es immer noch nicht glauben«, sagte sie fassungslos. »Es scheint mir ganz unmöglich! Wenn ich das Vermögen meines Onkels erbe, bin ich allerdings sehr reich!«

John Sands machte eine Handbewegung, um die Größe ihres Vermögens anzuzeigen.

»Jedenfalls sind Sie reich genug, um mit mir aufs Land fahren zu können.«

»Wo hält sich denn Mrs. Leman zur Zeit auf? Wo werden wir sie treffen?«

»Zuerst fahren wir zum Paddington-Bahnhof, von dort mit dem Zug nach Slough. Am Bahnhof werden wir von meinem Auto abgeholt, und ich werde Sie dann den Rest des Weges persönlich fahren. Ich habe ein kleines Haus in der Nähe von Marlow.«

Unterwegs unterhielten sie sich über Wassersport, Motorboote und andere Dinge, die in London zur Zeit das Tagesgespräch bildeten. Erst hundert Meter vom Ziel entfernt überkam sie ein eigenartiges Gefühl.

»Meinen Sie nicht, es ist besser, ich schicke Jimmy ein Telegramm? Er wird sonst meinetwegen furchtbar unruhig und ängstlich sein.«

»Ich werde dafür sorgen, daß es abgeschickt wird«, erklärte er. »Einer der Dienstboten kann es zur Post bringen, wenn wir angekommen sind.«

Sie atmete erleichtert auf. Unwillkürlich fühlte sie sich sicherer, als sie hörte, daß Dienstboten in dem Haus waren. Und doch brauchte sie sich vor dem liebenswürdigen und entgegenkommenden Mr. Sands nicht zu fürchten. Er hatte sich doch stets sehr korrekt benommen.

Als sie aus dem Fenster des Wagens sah, hatte sie den Eindruck, daß er in einem großen Bogen nach Marlow fuhr und nicht den direkten Weg nahm. Sie bogen von der Hauptstraße auf einen ziemlich schlechten Nebenweg ab, der, wie sie nach seinem holprigen Zustand urteilte, äußerst selten benutzt wurde. Die Straße führte auch nicht weiter, und schließlich hielt Sands an. Dann führte er sie einen Fußweg entlang und unterhielt sich dabei in der freundlichsten und lebhaftesten Weise mit ihr.

»Ist das denn das Haus, in dem sich Mrs. Leman aufhält?«

Sie konnte ihr Erstaunen nicht unterdrücken.

»Das sieht aber doch aus wie ein Bootshaus?«

»Ja, jetzt sind wir angelangt«, erwiderte John.

»Das war es auch, bis ich es mietete. Aber ich kann Ihnen nur die Versicherung geben, daß es im Innern sehr gut und komfortabel ausgestattet ist. Von außen sieht man das natürlich nicht.«

Er öffnete die Tür. Auf der Schwelle blieb Faith stehen, da es im Innern dunkel war und man nichts von Dienstboten sehen konnte. Aber eine Hand legte sich auf ihren Rücken und schob sie vorwärts.

»Aber, Mr. Sands!“ protestierte sie atemlos.

Er schlug die Tür hinter sich zu und verschloß sie, bevor er ihr antwortete.

»Gehen Sie geradeaus. Sie finden eine Treppe, die nach oben führt. Es sind einundzwanzig Stufen«, sagte er kurz. »Zählen Sie, sonst kann es Ihnen passieren, daß Sie die Treppe hinunterfallen.«

»Nein, ich gehe nicht weiter, ich will nach Hause zurück«, erklärte sie heftig.

Er lachte.

»Gehen Sie die Treppe hinauf!«

Seine Stimme klang hart und befehlend. Faith zuckte zusammen und zitterte am ganzen Körper. Sie gehorchte ihm, gab sich aber die größte Mühe, klar und kühl zu denken.

»Mr. Sands, ich verbitte mir, daß Sie auf solche Weise zu mir sprechen.«

»Sie haben sich hier nichts zu verbitten. Sie werden noch ganz hübsch gehorsam und folgsam werden, wenn ich erst einmal richtig mit Ihnen gesprochen habe«, erwiderte er in schneidendem Ton. »Oben auf dem Treppenabsatz bleiben Sie stehen.«

Er schloß eine Tür auf und führte sie in einen großen Raum, der sehr gut eingerichtet war. Von der Decke hingen ein paar Petroleumlampen herab.

Es dauerte einige Zeit, bis sie sich an das Licht gewöhnt hatte. Dann aber erkannte sie ihre Umgebung und schrak zurück. Nicht vor der reichen Ausstattung des Raumes und den orientalisch prächtigen Farben, sondern vor den schweren Plüschvorhängen. mit denen die Fenster verschlossen waren. Kein Licht konnte hier von außen hereindringen. Deshalb hatten die Fenster auch so tot und schwarz ausgesehen. Dann entdeckte Faith mit Entsetzen eine Frau, die am anderen Ende des Zimmers saß. Sie starrte sie an und trat unwillkürlich zurück, bis sie mit dem

Rücken an die Tür stieß. Ihr Herz schlug wild vor Furcht. Die Frau war schwarz gekleidet, so daß das weiße, leidende Gesicht, in dem zwei dunkle, fieberheiße Augen glänzten, um so mehr auffiel. Sie saß in einem derben Sessel; ihre Hände waren durch Stahlklammern an den Armlehnen befestigt, ihre Fußgelenke an den Stuhlbeinen. Sie hielt den Kopf in einer krampfhaft unnatürlichen Haltung. Faith erkannte auch den Grund dafür: der Kopf war mit einem breiten Lederriemen unter dem Kinn fest angeschnallt.

John Sands ging schnell zu der Fremden, nahm eine Tasse Wasser von einem Tisch und hielt sie an ihre Lippen.

Sie trank gierig.

»Nun, bist du durstig?« fragte er sanft. »Das kann ich mir auch denken.«

Er bückte sich, nahm einen Schlüssel aus der Tasche und öffnete die Stahlringe an ihren Armen und Beinen. Dann richtete er sie auf, aber sie taumelte, matt vor Erschöpfung. Sands lachte leise.

»Öffnen Sie die Tür«, befahl er Faith Leman. »Aber machen Sie schnell.«

Sie gehorchte. Er hob die Frau auf, trug sie in den anstoßenden Raum und legte sie dort auf ein Feldbett.

»Wir brauchen uns im Augenblick nicht um sie zu kümmern, sie wird sich bald erholen«, wandte er sich dann an Faith Leman und führte sie wieder in das große Zimmer. »Es hat länger gedauert, als ich annahm, da ich Ihnen in London dauernd folgen mußte, bis ich schließlich heute vormittag eine Gelegenheit fand.«

»Wer – wer –« flüsterte sie und sah ihn starr vor Schrecken an.

»Ich sagte Ihnen doch, daß Sie Mrs. Leman sehen würden. Das ist sie. Nehmen Sie Platz.«

17

Ohne Widerstand zu leisten, folgte sie. Sands hatte eine so eigentümliche Art, mit ihr zu sprechen, wie sie es noch nie in ihrem Leben gehört hatte. Er war nicht mehr höflich und zuvorkommend, sondern brutal –

»Wenn Sie hungrig sind, finden Sie etwas Keks in dem Schrank dort drüben. Sie können ihr auch ein paar geben, wenn sie sich erholt hat.«

Bei diesen Worten wies er mit dem Kopf nach der Tür zum Nebenzimmer.

»Mr. Sands, was hat das alles zu bedeuten? Wenn es ein Scherz sein soll, dann ist er zum mindesten sehr schlecht.«

»Nein, ich leiste mir keine Scherze. Sie scheinen die Situation immer noch nicht zu verstehen. Was ich tue und sage, ist mein voller Ernst, und es handelt sich hier um wichtige Dinge. Ich werde Sie jetzt kurze Zeit allein lassen. Sie können sich aber die Mühe sparen, einen Ausweg von hier zu suchen. Damit würden Sie nur Ihre Zeit vertrödeln. Es gibt nur einen Weg zu diesem Haus, und zwar den, auf dem wir eben gekommen sind. Die Fenster sind sämtlich mit starken Eisengittern versehen, die Mauern, der Boden und die Decke mit schallsicheren Platten verkleidet, und hier unten« – er zeigte auf den Boden – »ist tiefes Wasser.«

Nachdem er das gesagt hatte, schloß er die Tür auf und ging hinaus. Sie hörte, wie sich der Schlüssel im Schloß drehte, und glaubte, daß er das Auto in die Garage bringen wollte. Damit hatte sie auch recht, denn kurz darauf hörte sie das Geräusch eines Motors, das immer leiser wurde und sich entfernte. Obwohl er sie gewarnt hatte, suchte sie alle Wände nach einem Geheimausgang ab. Die Tür war sehr stark und aus dickem Eichenholz. Faith mühte sich einige Zeit vergeblich, sie mit einem schweren Stuhl aufzustoßen, dann gab sie es auf. Ein leises Stöhnen erschreckte sie, und plötzlich dachte sie wieder an die bleiche Fremde in dem schwarzen Kleid. Als sie ins Nebenzimmer trat, lag sie mit weitgeöffneten Augen auf dem Bett und hatte die zerschundenen Hände gefaltet.

»Kann ich etwas für Sie tun?« fragte Faith.

Margaret Maliko schüttelte den Kopf.

»Nein, Sie können nichts für mich oder für sich tun. Wer sind Sie? Ich vermute, Miss Leman?«

»Ja, so heiße ich«, erwiderte Faith freundlich. »Geht es Ihnen sehr schlecht? Sind Sie krank?«

Die Frau lächelte schwach.

»Wissen Sie, wo ich jetzt sein möchte?«

Faith schüttelte den Kopf.

»In einer Zelle im Gefängnis von Aylesbury, um meine siebzehn Jahre abzusitzen.«

»Ich verstehe Sie nicht –«

»Es rächt sich jede Schuld«, entgegnete die Frau mit leiser

Stimme. »Ich habe früher nicht daran geglaubt, aber ich weiß jetzt, daß es wahr ist. Drei Jahre habe ich im Gefängnis gesessen, und ich müßte auch noch dort sein, aber ich bin geflohen.«

Faith setzte sich auf den Rand des Bettes. Sie glaubte, daß die Frau im Delirium spräche. Margaret mußte ihre Gedanken erraten haben.

»Nein, ich bin nicht irre. Ich bin Margaret Maliko oder Margaret Sands.«

»Aber Sie sind doch Mrs. Leman?«

Margaret richtete sich ein wenig auf.

»Ich habe John Sands geheiratet, in der Hoffnung, daß es mir dann besser ginge«, entgegnete sie mit einem schwachen Lächeln. »Es war mein zweiter Mann; der erste war ein furchtbar brutaler Mensch. Ich glaubte, daß es keinen schlechteren geben könnte. Er hat mich furchtbar behandelt und mich schließlich zum Wahnsinn getrieben – in dem Zustand habe ich ihn dann vergiftet.«

Faith sah sie entsetzt an.

»Und doch war Paul Maliko ein Engel im Vergleich zu John Sands!«

Die Frau schien Faith vergessen zu haben; ihre Worte klangen, als ob sie mit sich selbst spräche.

»Ja, ich habe ihn vergiftet. Mein Vater war Chemiker, und ich studierte Pharmakologie. Eines Tages, als mich Paul wieder einmal bis zum Wahnsinn gequält hatte, gab ich ihm eine Apfelsine, die ich vorher – aber darauf kommt es nicht an. Nun ist es jedenfalls meine Strafe, daß ich einen Mann heiraten mußte, der andere Leute vergiftet – einen Mörder!«

Sie vergrub das Gesicht in den Händen. Nach einer Weile schaute sie müde wieder auf.

»Man sollte es nicht für möglich halten, daß ein Mann eine Frau auspeitschen könnte!« sagte sie und stöhnte vor Schmerzen. »Sie glauben es kaum, daß er jede Folter, die er nur ausdenken kann, an mir verübt – es handelt sich nicht um seelische Qualen, nein, um ganz brutale, gemeine Foltern. Sie können es nicht glauben, und es ist auch unerhört! Ich wollte von ihm fort, aber ich konnte ja nicht, da das Zuchthaus auf mich wartete. Schließlich faßte ich einen verzweifelten Entschluß und erzählte dem alten Mr. Harry Leman die volle Wahrheit. Er wollte mir auch helfen. In weiteren zwei oder drei Tagen wäre ich auf dem Weg nach Australien gewesen, und John Sands wäre statt meiner ins

Gefängnis gekommen. Aber er hat alles herausgebracht. Er wußte, daß ich im Hause Mr. Lemans war. Ein Reporter hat es ihm gesagt. Ich mußte ihn an dem Abend in der Charles Street treffen, bevor ich zu meiner Wohnung in Hove zurückkehrte. Ach, und in der Nacht hat er mich entsetzlich gequält.«

Sie schauderte und bedeckte wieder die Augen mit den Händen, als ob sie die Erinnerung nicht ertragen könne.

»Ich dachte, daß ich sterben müßte. Dann schloß er mich in einen Schrank ein, nachdem er mir vorher Hände und Füße gebunden und mich geknebelt hatte. Ich hatte furchtbare Schmerzen und glaubte nicht, daß ich es länger aushalten würde. Und doch lebe ich noch!«

Sie rieb leise die Hände, dann riß sie sich zusammen und fand ihre Fassung wieder.

»Ich weiß nicht, was er mit Ihnen vorhat, aber er kommt zurück. Ich weiß es bestimmt, ich kann es körperlich fühlen, wenn er herkommt. Es ist, als ob eine kalte Hand an mein Herz griffe. Versprechen Sie mir eins, Miss Leman: Wenn Ihnen Ihr Leben lieb ist, trinken und essen Sie nichts in diesem Haus. Schwören Sie es mir!«

Faith versprach es.

Margaret dämpfte nun ihre Stimme und sprach eindringlicher.

»Es wäre möglich, daß wir fliehen können. Vielleicht auch nicht. Ich weiß, was mir bevorsteht. Ich komme sofort ins Gefängnis, und doch wäre das eine Erlösung. Ach, wie gern würde ich jetzt in Aylesbury sein!«

Gleich darauf hörten sie, daß die Tür des großen Raumes aufgeschlossen wurde.

John Sands kam herein.

»Hallo«, sagte er in seiner alten, freundlichen Weise, »Sie scheinen sich ja schon recht gut miteinander angefreundet zu haben. Du weißt doch, daß es Miss Leman ist?« wandte er sich an seine Frau.

Dann lachte er, bückte sich, hob sie von dem Bett auf und trug sie wieder in den großen, mit orientalischer Pracht ausgestatteten Raum.

»Ich will, daß du hier sitzt und alles hörst, was ich sage. Mit der Zeit erfährst du mehr und mehr und kannst ruhig alles wissen – Sie haben ja wohl erfahren, daß das nicht Mrs. Leman ist«, sagte er zu Faith, »sondern meine Frau. Sie ist allerdings nicht gerade sehr repräsentabel, sondern im Gegenteil eine der verkommensten und gemeinsten Frauen, die jemals ein Mann geheiratet hat. Aber was kann man schließlich von einer Frau erwarten, die nur um Haaresbreite dem Galgen entging?«

Er warf einen befriedigten Blick auf Margaret.

»Wenn du dir deine Niederträchtigkeit abgewöhnst und mich nicht verrätst, wird es dir schon besser gehen. Dann brauche ich dich nicht immer zu fesseln und werde dir auch sonst keine Unannehmlichkeiten bereiten.«

Faith sah, daß sich die Blicke der beiden auf die gegenüberliegende Wand richteten, wo eine kurze Peitsche hing.

»Ich glaube, Sie sind entsetzt über all das, was Sie hier erfahren, Miss Leman. Das kann ich mir lebhaft vorstellen. Sie sind unter der Obhut Ihrer liebenden Mutter in guten Verhältnissen aufgewachsen, und was sonst noch alles in schönen Geschichten steht, aber Sie brauchen sich nicht aufzuregen.«

Er lehnte sich auf dem Diwan zurück, auf dem er Platz genommen hatte, zog ein großes, prächtiges Kissen zu sich heran, stopfte es in den Rücken und zündete sich dann eine Zigarette an.

»Sie brauchen sich durchaus nicht aufzuregen«, wiederholte er. »Vor allem muß ich Ihnen wohl die eine fundamentale Wahrheit nicht einhämmern, daß ein Mann unter allen Umständen leben will. Das menschliche Leben dauert ja nur eine kurze Spanne Zeit, und je mehr Glück und Befriedigung man sich in dieser kurzen Frist verschaffen kann, desto erfolgreicher ist man gewesen. Schon von meiner frühen Jugend an war mein Bestreben immer darauf gerichtet, mir möglichst wenig Unannehmlichkeiten und Sorgen zu machen. Ganz systematisch habe ich mir Mitleid und andere Untugenden abgewöhnt. Alle Sorgen um andere Leute belästigen einen im Grunde nur.«

Anscheinend war dies sein Lieblingsthema, und so schrecklich seine Worte auch klangen, er meinte sie vollkommen ernst. Es war fast, als ob er auf dem Katheder stünde und einen Vortrag über die Zweckmäßigkeit des menschlichen Lebens hielte!

»Egoismus ist kein Fehler, sondern eine Tugend. Erst darin zeigt sich eigentlich die reine Lebenskunst. Jeder Mensch ist Krankheiten unterworfen und hat Hindernisse zu überwinden – warum soll er sich dann auch noch mit den Sorgen anderer Leute abquälen? Das Elend seiner Freunde zu mildern, erscheint mir als eine große Dummheit, die den einfachsten Lebensgrundsätzen widerspricht.«

Er sagte das mit großem Bedauerm, als ob ihm die Schwächen der Menschheit leid täten.

»In den wenigen Minuten, die Sie sich mit meiner Frau unterhalten haben«, er zeigte auf Margaret, die wieder bleich und ruhig in ihrem Stuhl saß, »müssen Sie den Eindruck erhalten haben, daß ich grausam bin, nur weil mir Grausamkeit Vergnügen bereitet. Aber nichts liegt mir ferner. Ich kann mich sogar rühmen, niemals einen Menschen oder ein Tier verletzt zu haben, es sei denn, daß ich es tun mußte, um mir einen Vorteil zu verschaffen. Man geht doch auch nicht einfach zu einem Pferd und schlägt es zwecklos mit der Peitsche; das tut höchstens ein brutaler Mensch, der Freude daran hat, Tiere zu quälen. Aber wenn man keine Zeit hat und den Zug noch erreichen muß, gibt man dem Pferd vor dem Wagen die Peitsche, damit es schneller geht. Ist das etwa Grausamkeit? Nein, durchaus nicht – das ist eiserne Notwendigkeit.«

»Ich finde Ihre Philosophie abscheulich«, sagte Faith ruhig.

»Aber Sie vergessen vollkommen, daß sie für mich notwendig ist. Ich habe meiner Frau Schmerzen verursacht, aber nur dadurch habe ich mich vor Schaden bewahren können.«

Er lächelte Margaret an, die seinem Blick gelassen begegnete.

»Ich mußte sie zum Beispiel bestrafen, weil sie mir über ein gewisses Dokument keine Auskunft geben wollte, das sie am Berkeley Square in den Briefkasten warf. Ich mußte sie mir fast vierundzwanzig Stunden lang scharf vornehmen, bis ich endlich die Wahrheit herausbekam. Aber dann zeigte sich, daß diese Mitteilung für mich von äußerster Wichtigkeit war.«

Er machte eine Pause, als ob er eine Antwort von Faith erwartete, aber sie schwieg.

»Nehmen wir zum Beispiel Ihren eigenen Fall, Miss Leman. Durch die Dummheit und den Verrat meiner Frau sind Sie die Erbin Mr. Harry Lemans geworden. Es stimmt, daß er Ihnen sein ganzes Vermögen vermacht hat, und zwar wurde das Testament auf Anraten meiner Frau aufgesetzt.«

»So war es nicht. Der alte Mann hatte selbst die Absicht, es zu tun«, sagte Margaret leise.

»Wenn du nicht gewesen wärst und ihm die verrückten Ideen in den Kopf gesetzt hättest, wäre das alles nicht geschehen«, entgegnete er. »Aber darauf kommt es jetzt nicht an. Das Testament wurde jedenfalls gemacht. Und welche Bedeutung hat es für mich?«

Er hob die Hand und zählte die einzelnen Tatsachen an den Fingern ab.

»Erstens wurden meine sorgfältigen Vorbereitungen und die Arbeit vieler Jahre in wenigen Minuten wertlos. Zweitens habe ich mein für mich sehr kostbares Leben dadurch aufs Spiel gesetzt, daß ich Harry Leman umbringen mußte. Ich verlor dadurch die Belohnung, für die ich soviel gewagt hatte, ferner die bedeutenden Summen, die ich bereits auf die Durchführung dieses Plans verwandt hatte. Und schließlich würde das meinen vollkommenen Ruin verursacht haben, denn wenn ich zum einundzwanzigsten Juni nicht meine große Zahlung leisten kann, bin ich bankrott.«

»Wozu erzählen Sie mir das alles? Was erwarten Sie von mir?« fragte Faith. »Wollen Sie ein Lösegeld für mich haben? Oder glauben Sie, daß Sie mich zur Aufgabe meiner Erbschaft zwingen können?«

Sands schüttelte den Kopf.

»Es hätte keinen Zweck, denn eine Schenkung unter Zwang hat keinen gesetzlichen Wert. Nein, es handelt sich hier um andere Dinge: Im Fall Ihres Todes fällt die Erbschaft an meine Frau. Niemand nimmt an, daß ich sie unter Lemans Namen geheiratet habe. Außer Ihnen, ihr und mir weiß ja keiner um diese Tatsache. Und was sie anbetrifft, brauche ich mir weiter keine Sorgen zu machen.«

Es lag etwas Unheimliches in seinen Worten, und sie zitterte.

»Wenn ich Sie – erledigt habe«, fuhr er in aller Seelenruhe fort, »wird meine Frau alle die Schritte tun, die ich ihr vorschreibe, um die Erbschaft des alten Leman anzutreten, und ich zweifle nicht daran, daß es gelingen wird, uns den größeren Teil seines Vermögens anzueignen. Voraussetzung dazu ist natürlich immer, daß Sie sterben.«

»Daß ich sterbe«, wiederholte Faith.

»Ja, Sie haben mich vollkommen richtig verstanden.«

Er erhob sich, ging zu dem kleinen Schrank, der an der Wand hing, und öffnete ihn. Faith sah zwei Reihen glänzender Flaschen, und ihr Herz hörte fast auf zu schlagen.

»Als Giftmörder«, sagte John Sands und wandte sich nach ihr um, »bin ich der reinste Laie, aber ich habe mich mit Begeisterung diesem Fach zugewandt. Früher wäre es mir niemals eingefallen, das Leben eines Menschen auf diese Weise zu beenden, aber ich hatte ja das große Glück, Margaret kennenzulernen.

Nachher erfuhr ich, daß sie nicht nur im Zuchthaus gesessen hatte, sondern auch, daß sie wegen Giftmordes verurteilt worden war. Sie hat gute medizinische Kenntnisse, die ich mir zunutze machte. In früherer Zeit habe ich mich viel und häufig mit Margaret unterhalten und dadurch manches gelernt. Ihr kam natürlich die Tatsache nicht zum Bewußtsein, daß ich all diese Kenntnisse nur für die Zukunft sammelte. Wenn ich irren sollte, Margaret, dann stelle bitte meine Angaben sofort richtig«, sagte er höflich.

Er nahm die Giftflaschen der Reihe nach aus dem Schrank und behandelte sie sehr vorsichtig. Die eine oder andere streichelte er sogar, und es schien ihn Überwindung zu kosten, daß er sie zögernd wieder in den Schrank stellte.

Nachdem er noch einen bewundernden Blick auf den Inhalt geworfen hatte, schloß er den Schrank wieder zu.

»Ich zeige Ihnen das nur, weil ich nicht die Absicht habe –«

Er hielt plötzlich inne, denn aus der Ecke des Zimmers kam das Geräusch einer elektrischen Klingel. Mit einigen großen Schritten eilte er zur Tür und ging hinaus.

18

»Was hat das zu bedeuten?« fragte Faith.

»Er spannt immer einen dünnen Draht über den Weg, der zum Haus führt«, erwiderte Margaret leise. »Jemand kommt auf das Bootshaus zu. Aber machen Sie sich nur keine Hoffnung, das ist früher auch schon geschehen. Manche Leute gehen zufällig den Weg am Ufer entlang.«

Auf dem Treppenabsatz schob Sands ein Brett zurück, das ein kleines Beobachtungsfenster verdeckte, und suchte das ganze Ufer der Bucht mit einem Fernglas ab, das er von einem Nagel an der Wand nahm. Gleich darauf entdeckte er zwei Personen und erkannte sie auch. Leise schloß er die Öffnung, nahm ein geladenes Gewehr von der Wand und ging ins Freie. Es würde mindestens noch fünf Minuten dauern, bevor sie näher kamen, und er hatte Zeit genug, sich im Gebüsch zu verstecken. Schon vor langer Zeit hatte er vorausgesehen, daß ein derartiger Fall eintreten könnte, und darum alle Schutzmaßregeln bis ins einzelne ausgedacht. So lag er denn, ohne einen Muskel zu regen, unter dem

Strauch und zielte genau, während Jimmy Cassidy und Blessington sich darüber unterhielten, ob Miss Leman wohl in dem Haus wäre.

John Sands atmete erleichtert auf, als er hörte, daß Jimmy zur Stadt zurückkehren wollte, und wartete noch fünf Minuten, bis ihre Schritte verhallt waren. Dann ging er ins Haus zurück, stellte das Gewehr an seinen Platz und trat wieder in das Zimmer, wo Faith und Margaret noch am Tisch saßen.

Der Zwischenfall hatte ihn sehr mitgenommen, und er war aufgeregt. Faith sah es ihm an, als er sich niederließ. Sein Gesicht erschien ihr plötzlich älter, und seine Stimme klang etwas schrill.

Es dauerte einige Zeit, bis er sich wieder gefaßt hatte. Er machte sich an dem Büfett zu schaffen, steckte einen Spiritusbrenner an und kochte Kaffee. Als er damit fertig war, stellte er eine Tasse vor Faith und eine vor seine Frau. Zum größten Erstaunen Miss Lemans trank Margaret und nickte ihr beruhigend zu. Allem Anschein nach konnte sie davon trinken.

Sands sprach nun über andere Dinge. Allmählich wurde er unruhig und ging im Zimmer auf und ab. Von Zeit zu Zeit sah er auf die Uhr.

»Es ist nötig, daß ich mich heute abend wieder in meiner Wohnung sehen lasse, Miss Leman.«

Sein Ton war höflich und respektvoll. Sie hatte kaum noch auf ihn geachtet, und bevor sie es ahnte, hatte er sie mit seinen Armen fest gepackt. Obwohl sie sich wehrte, hielt er sie fest.

»Wenn Sie schreien, bekommen Sie die Peitsche zu fühlen. Ich tue Ihnen jetzt nichts. Halten Sie die Arme auf den Rücken – so ist es richtig.«

Mit einer Hand packte er sie an den Handgelenken, mit der anderen fesselte er sie nach allen Regeln der Kunst, dann ließ er sie vorsichtig auf den Boden nieder.

Währenddessen beobachtete ihn Margaret schweigend. Sie hatte gewußt, was kommen würde. Sands hatte vorher zwei seidene Stricke aus einem Fach des Schranks genommen. Aber es hatte ja keinen Zweck, das Mädchen zu warnen.

»Ihre Fußgelenke binde ich nicht zusammen, das ist nicht nötig.«

Sie sah zur Decke hinauf, und zu ihrem größten Schrecken bemerkte sie, daß an einem der Balken oben ein kleiner Flaschenzug befestigt war. Er stieg auf eine Trittleiter und zog einen festen, dünnen Strick hindurch. Faith beobachtete alle diese Vorbereitungen zu ihrer Hinrichtung mit wahnsinnigem Entsetzen. Während er oben auf der Leiter stand, sah er sie freundlich an.

»Das sieht grausam aus, aber denken Sie nur ja nicht, daß ich Sie aufhängen oder sonst etwas Gewöhnliches tun werde. Haben Sie schon jemals von Smith und Wright gehört? – Ich sehe, daß Sie nichts davon wissen. Sie sollten die Jahrbücher über Kriminalität lesen, dann wüßten Sie Bescheid. Die sind fast ebenso interessant wie das Studium der Astrologie. Übrigens steht Orion in einer Stunde im Zenit – das hat eine gute Vorbedeutung für mich.«

Er legte ein Kissen unter ihren Kopf, ging zu dem Giftschrank und nahm einen flachen Kasten heraus, den er auf den Tisch stellte. Während er ihn öffnete, summte er eine Melodie; dann nahm er eine kleine Spritze heraus und betrachtete sie sorgfältig.

»Die ist ja rostig«, sagte er. »Ich möchte nur wissen, wie das möglich ist.«

Er nahm ein Stück Watte und rieb die Nadel damit ab; es gab einen braunen Flecken. Nachdenklich sah er zur Decke empor und überlegte, wann er das Instrument zum letztenmal gebraucht hatte.

»Das kommt sicherlich daher, daß es hier über dem Wasser etwas feucht ist. Anders könnte ich es mir nicht erklären.«

Der Rost an der Nadel war ihm offenbar sehr unangenehm. Er rieb sie sorgfältig ab und desinfizierte sie dann. Langsam und sachgemäß füllte er die Spritze aus einer der Flaschen, die er vom Schrank mitgebracht und auf den Tisch gestellt hatte.

»Reines Morphium«, erklärte er. »Das tut Ihnen nicht weh.«

Faith schrie laut auf, als er auf sie zukam. Er wurde einen Augenblick ärgerlich und machte eine Bewegung, als ob er ihr ins Gesicht schlagen wollte. Darauf schwieg sie. Als sie den Nadelstich in ihrem Arm fühlte, stöhnte sie leise, lag aber ruhig. Die Berührung seiner Hände war ihr furchtbar. Langsam zog er die Nadel aus ihrem Arm und richtete sich auf, während er sie genau betrachtete. Er schien zufrieden zu sein. Dann wandte er sich an seine Frau.

»Margaret, du bist Zeuge, daß ich sehr menschlich und vorsichtig mit ihr umgegangen bin. Unnötig tue ich niemand etwas zuleide. Sie reagiert großartig auf die Dosis, die ich ihr gegeben habe. Ich kann jetzt die Fesseln an ihren Händen wieder lösen.«

»Was hast du denn vor?« fragte sie.

»Hier unter dem Teppich ist eine Falltür«, entgegnete John Sands, setzte sich auf die Ecke des Diwans und nahm eine Zigarette aus seinem Etui. »Sie ist verschlossen, du brauchst dir also keine Hoffnung zu machen, daß du durch die Öffnung entfliehen kannst. Und selbst wenn sie nicht verschlossen wäre, könntest du aus dem Bootshaus nicht herauskommen. Ich habe eben von Smith und Wright gesprochen, das waren zwei Künstler, die 1812 in England lebten. Sie haben die Opfer, die sie töten wollten, zuerst durch eine kräftige Dosis Opium betäubt und dann an den Füßen aufgehängt, so daß sie mit dem Kopf ins Wasser hingen. Die Methode hat ihre Vorzüge. Der klügste Arzt konnte kein Zeichen von Gewalt nachweisen. Morgen früh wird die Leiche des armen Mädchens im Regent Kanal aufgefischt werden.«

»Du bist ja wahnsinnig!« schrie Margaret. »Nur ein Irrer kann derartig teuflisch handeln.«

John Sands lachte, als er den Teppich zurückschlug, so daß die viereckige Falltür im Boden genau zu sehen war.

»Ich kann vollkommen klar denken.«

Einen Augenblick sah er Margaret zweifelnd an, dann ging er zu ihr, schloß sie wieder an den Stuhl und legte auch den Lederriemen um ihren Hals.

»Das muß ich tun, damit ich vor dir sicher bin.«

Er ging wieder zu Faith zurück, die nur noch halb bei Besinnung war, schloß die Falltür auf und klappte den Deckel zurück. Dann schaute er auf die Uhr.

»Das Morphium hat noch nicht genügend gewirkt, ich werde noch drei Minuten warten«, sagte er und trat zu einem kleinen Tisch, auf dem eine Schale mit Obst stand. Er nahm eine Apfelsine und schälte sie langsam ab.

Margaret kannte ihren Mann, aber sie hätte sich doch über diese Kaltblütigkeit gewundert, wenn sie im Augenblick nicht über andere Dinge nachgedacht hätte.

Er legte die Schalen sorgfältig auf einen Teller, aß die Frucht, zog dann das Taschentuch und wischte sich die Finger ab.

»So, jetzt ist es soweit«, erklärte er und bückte sich. Er wikkelte einen Stoffstreifen um die Fußgelenke des Mädchens, das inzwischen vollkommen bewußtlos geworden war.

»So, jetzt ist es soweit«, ertönte plötzlich eine Stimme hinter ihm, und er fuhr blitzschnell herum. Aber Blessington hatte den

Revolver auf ihn gerichtet, nachdem er die Tür geräuschlos geöffnet hatte. Sieben verschiedene Nachschlüssel hatte er versucht, bevor ihm das gelungen war. Jimmy stand in der offenen Tür. Einen Augenblick war er vor Schrecken starr, aber dann stürzte er zu Faith, löste den seidenen Strick von ihren Fußgelenken und rieb ihre kalten, gefühllosen Hände.

»Das Spiel ist aus!« sagte der Polizeiinspektor.

»Das sehe ich auch«, entgegnete Sands und starrte den Beamten an. »Ja – es ist aus . . .«

»Und Sie sind Margaret Maliko?« fragte der Inspektor.

Und sie nickte.

»Ich muß Sie auch verhaften.«

Zum größten Erstaunen ihres Mannes und des Beamten zog sie die Hände aus den Stahlfesseln heraus, bückte sich und schloß die Fesseln an den Füßen auf.

»Was – du – konntest dich frei machen!« rief Sands bestürzt.

Sie nickte.

»Ja, ich konnte mich immer frei machen«, erwiderte sie langsam. »Ich konnte auch an den Giftschrank heran, und ich habe außerdem vergessen, die Spritze zu reinigen, nachdem ich die Apfelsine damit bearbeitet hatte, John Sands!«

Sie hatte die letzten Worte so leise gesprochen, daß Blessington und Jimmy sie nicht verstehen konnten. Der Inspektor, der den Gefangenen scharf beobachtete, sah, daß sich dieser plötzlich aufrichtete und auf Margaret stürzen wollte. Im nächsten Augenblick warf er sich dazwischen und packte Sands.

»Was fällt Ihnen ein!« rief er streng. »Nehmen Sie die Hände hoch, Sands!«

Eine furchtbare Veränderung ging mit John vor. Er wurde aschgrau im Gesicht und öffnete langsam den Mund, als ob er schreien wollte. Seine Augen wurden immer größer; die Zunge versagte den Dienst, er konnte der Aufforderung des Beamten nicht mehr nachkommen. Als Blessington ihm die Hand auf die Schulter legte, sank er zusammen; im letzten Augenblick fing ihn der Inspektor auf und legte ihn auf den Boden. Aber lange, bevor der Arzt kam, war John Sands schon tot.

Ein Herr und eine Dame saßen an Deck eines großen Passagierdampfers, der mit Kurs nach den Vereinigten Staaten fuhr.

Unter der großen, warmen Decke, die sie vor dem kalten Wetter schützte, drückten sie sich die Hände, wie es Liebende tun.

»Ich möchte nur das eine betonen«, sagte Jimmy schon zum hundertstenmal. »Ich nehme keinen Dollar von deinem Geld an, und wenn du mir sagst, daß ich meine Stellung aufgeben soll, so werde ich dir das nie verzeihen.«

»Aber Jimmy, du bist doch selbst reich und wohlhabend«, suchte sie ihn zu trösten. »Mr. Holland Brown hat mir gesagt, daß du eine Artikelserie geschrieben hast, die eine Million Dollar wert ist.«

»Ja, die Millionengeschichte habe ich geschrieben, und ich werde noch genügend ähnliche Artikel schreiben, um auf diese Weise meinen Lebensunterhalt verdienen zu können.«

»Ich wünschte, ich hätte die Erbschaft nicht gemacht«, erwiderte sie und verzog den Mund. »Du benimmst dich ganz abscheulich zu mir, als ob ich dir gar nichts wert wäre. Hast du mich denn nicht lieb?«

»Doch. Danach darfst du nicht fragen. Du bist mir viel mehr wert als eine Million Millionen.«

Sie schmiegte sich glücklich an ihn.

»Jimmy, dann ist ja alles in Ordnung, dann bist du ja ein doppelter Millionär. Ich will dich bei deinen Arbeiten nicht stören. Und wenn mich jemand fragt, warum du unentwegt arbeitest, werde ich ihm sagen, daß du ein wenig verschroben bist.«

DER FALL STRETELLI

Detektivinspektor John Mackenzie hatte seinen Abschied eingereicht, und die Zeitungen brachten aus diesem Anlaß viele Berichte über ihn und seine Erfolge. Seine direkten Vorgesetzten wunderten sich, welche Gründe ihn zu dem vorzeitigen Rücktritt veranlaßt haben mochten. Aber alle Vermutungen waren falsch; kein Mensch ahnte die eigentliche Ursache. Mackenzie wußte nämlich nicht mehr, wie er in dem Widerstreit zwischen Pflicht und Gerechtigkeitssinn handeln sollte, und wählte deshalb den Ausweg, sein Amt niederzulegen.

In diesen Konflikt war er durch die Bearbeitung des Falles Stretelli geraten, der äußerlich dadurch zum Abschluß gebracht wurde, daß man an einem kalten Dezembermorgen im Gefängnis zu Nottingham einen Verbrecher hängte.

Die Tatsache, daß John Mackenzie seinen Abschied einreichte, war um so unverständlicher, als seine Vorgesetzten ihm zur Aufklärung dieses Falles besonders gratuliert und eine Beförderung in Aussicht gestellt hatten. Aber gleich darauf ging er in sein Büro und schrieb kurz entschlossen sein Abschiedsgesuch.

In gewisser Weise war Mackenzie eben altmodisch.

Einige Monate bevor er den Dienst quittierte, brachte ihm ein Untergebener eine Visitenkarte mit der Aufschrift: »Dr. med. Mona Stretelli, Madrid.« Als er das las, rümpfte er die Nase.

Er hatte ein Vorurteil gegen Ärztinnen, obwohl dies die erste war, die ihn amtlich aufsuchte.

»Führen Sie die Dame in mein Büro«, sagte er und wunderte sich, was eine spanische Ärztin in Scotland Yard zu suchen hatte.

Noch ehe er sich versah, stand sie bereits vor ihm – lebhaft, dunkel, von durchschnittlicher Größe. Als er sie näher betrachtete, kam ihm zum Bewußtsein, daß sie sogar schön war.

»Es ist mir eine große Ehre, Sie kennenzulernen«, begrüßte er sie höflich in französischer Sprache. »Was kann ich für Sie tun?«

Sie lächelte leicht über diesen etwas brüsken Empfang.

»Ich wäre Ihnen sehr verbunden, wenn Sie mir zehn Minuten Ihrer sonst so kostbaren Zeit schenken würden, Mr. Mackenzie«, entgegnete sie auf englisch. »Ich habe Ihnen eine wichtige Mitteilung zu machen.« Dann reichte sie ihm einen Brief, der den Stempel des Innenministeriums trug. Es war ein Einführungsschreiben, das ihr ein hoher Beamter gegeben hatte. Inspektor Mackenzie wunderte sich jetzt nicht mehr, daß sie ihn aufgesucht hatte.

»Kennen Sie Mr. Morstels?« fragte sie.

Er schüttelte den Kopf.

Sie zögerte.

»In London müssen Sie aber doch – gewisse Gerüchte hören ... Ich meine, von West End. Haben Sie noch nie etwas von Margaret Stretelli erfahren?«

Mackenzie runzelte die Stirn.

»Selbstverständlich, der Name kommt mir bekannt vor. Sind Sie mit der Dame verwandt?«

»Sie war meine Schwester«, entgegnete sie ruhig.

Sie nickte wieder, und er sah, daß ihre Augen feucht wurden.

Als Margaret Stretelli aus London verschwand, war man in Scotland Yard darüber weder erleichtert noch betrübt, aber man vermerkte es. Margaret gehörte zu einem Kreis moderner junger

Damen, die sich gewöhnlich in einem Restaurant in Soho trafen. Man wußte im Polizeipräsidium, daß sie mit allen möglichen fragwürdigen Elementen zusammenkam. Sie war in gewisser Weise am Kokainhandel beteiligt, da sie das Rauschgift selbst kaufte. Einmal hatte die Polizei eine Razzia abgehalten und sie in einer Kokainkneipe abgefaßt, so daß sie vor den Polizeirichter kam und eine Ordnungsstrafe erhielt. Ein anderes Mal hatte sie ebenfalls die Aufmerksamkeit der Polizei auf sich gelenkt, weil sie in ihrem Luxuswagen gegen einen Laternenpfahl gefahren war. Ihr selbst war bei den Unfall nichts geschehen.

In Scotland Yard interessierte man sich für die Extravaganzen dieser jungen Dame. Man wußte, daß sie über große Geldmittel verfügte, und als sie sich nicht länger in den Lokalen zeigte, in denen sie früher verkehrt hatte, erkundigte man sich nach ihrem Verbleib. Es stellte sich heraus, daß sie einen Gutsbesitzer in Mittelengland geheiratet hatte. Ein paar Wochen nach der Hochzeit brannte sie ihm jedoch durch und fuhr nach New York. Das war eine ziemlich uninteressante Geschichte, die ähnlich auch schon anderen Leuten passiert war. Es lohnte sich kaum, die Einzelheiten zu den Akten zu nehmen. Da aber alle Verbrechen mit nichtssagenden Geschichten beginnen, wurden auch diese Daten gesammelt und notiert.

»Vielleicht ist es besser, wenn ich Ihnen zuerst kurz die Geschichte unserer Familie erzähle«, begann Mona Stretelli. »Mein Vater war ein bekannter Arzt in Madrid. Bei seinem Tod hinterließ er seinen beiden Töchtern, Margaret und mir, fünf Millionen Pesetas. Ich hatte den Beruf meines Vaters ergriffen und übte schon drei Jahre eine Praxis aus, als er starb.

Meine arme Schwester Margaret führte ein bewegtes Leben und suchte Zerstreuungen, die nach ihrem Geschmack waren. Drei Monate nach dem Tod meines Vaters ging sie nach Paris, um Musik zu studieren, und von dort nach London, wo sie in den Kreisen der Boheme verkehrte – unter anderem auch mit Leuten, die bei der Polizei unbeliebt waren. Wie sie mit Mr. Morstels bekannt wurde, habe ich niemals erfahren können. Sie hatte bereits einen großen Teil ihres Geldes verbraucht, als sie unter seinen Einfluß kam. Er machte ihr einen Heiratsantrag, und sie wurden auf dem Standesamt in Marylebone getraut. Darauf zog sie mit ihm auf sein Gut in Little Saffron.

Verschiedene Dorfbewohner haben sie gesehen, und soweit ich herausbringen konnte, hat sie im ganzen drei Wochen mit ihm zusammen gelebt. Wie lange sie dann noch dort wohnte, ist nicht bekannt. Es mögen drei Monate gewesen sein, vielleicht auch nur einer. Als sie verschwand, glaubte man im Dorf allgemein, daß sie ihrem Mann davongelaufen sei. Die Leute waren ja schon gewöhnt, daß Mr. Morstels mit seinen Ehen Unglück hatte.«

»War er schon öfter verheiratet?« fragte Mackenzie.

»Schon zweimal. Auch seine beiden ersten Frauen waren ihm durchgegangen, und er hatte sich scheiden lassen. Mr. Mackenzie, ich bin fest davon überzeugt, daß meine Schwester ermordet worden ist!«

Er richtete sich plötzlich auf.

»Ermordet? Aber liebes gnädiges Fräulein, es ist doch leicht möglich, daß Ihre Schwester tatsächlich davonlief.«

Sie schüttelte den Kopf.

»Das ist unmöglich. Wenn sie ihn verlassen hätte, wäre sie sofort zu mir gekommen. Wir waren immer die besten Freundinnen, und obgleich sie sehr eigensinnig und dickköpfig war, wandte sie sich doch immer an mich, wenn sie in eine unangenehme Situation geriet.«

»Haben Sie denn Mr. Morstels kennengelernt?«

»Ja, ich habe ihn gesehen, und zwar gestern zum erstenmal. Und nachdem ich ihn getroffen habe, bin ich davon überzeugt, daß meine Schwester ermordet wurde.«

»Das ist eine schwere Anklage, die Sie erheben. Ich will allerdings glauben, daß Sie derartiges nicht sagen würden, wenn Sie nicht guten Grund dazu hätten«, entgegnete Mackenzie lächelnd. »Und da Sie Ärztin sind, lassen Sie sich wahrscheinlich nicht leicht durch Stimmungen beeinflussen und überlegen sich, was Sie sagen.«

Sie nickte mit dem Kopf, erhob sich und ging erregt im Büro auf und ab. »Verzeihen Sie, Mr. Mackenzie, aber ich bin so fest davon überzeugt, daß meine arme Schwester Margaret tot ist, daß ich es nicht glauben würde, wenn ich sie in diesem Augenblick ins Zimmer treten sähe.«

»Aber wie kommen Sie denn darauf?« fragte Mackenzie hartnäckig. »Außer der Tatsache, daß Mr. Morstels dreimal geheiratet hat, ist doch nichts gegen ihn bekannt?«

»Ich selbst habe Nachforschungen angestellt. Die Polizeibehörde seines Ortes hält ihn für einen ehrbaren Charakter, aber ich glaube, daß ich Ihnen Einzelheiten mitteilen kann, die Sie interessieren werden. Bevor Margaret London verließ, hat sie sechstausendfünfhundert Pfund von ihrer Bank abgehoben. Und wo blieb das Geld?«

»Haben Sie ihn denn nicht gefragt?«

»Doch. Er antwortete mir, daß meine Schwester, als sie von ihm wegging, nicht nur ihr eigenes Geld, sondern auch noch eine große Summe von ihm mitgenommen habe, so daß er im Augenblick in großer Verlegenheit sei. Ja, er hatte sogar die Unverschämtheit, mich aufzufordern, ihm Schadenersatz zu leisten!«

Mackenzie stützte das Kinn in die Hand und dachte nach.

»Die Sache scheint sich tatsächlich mehr und mehr zu einer Mordgeschichte zu entwickeln«, meinte er. »Aber ich hoffe schon um Ihretwillen, daß Sie sich irren, Miss Stretelli. Auf jeden Fall werde ich Mr. Morstels aufsuchen.«

An einem Wintermorgen, an dem alle Zweige und Sträucher in dem Obstgarten von Mr. Peter Morstels bereift waren, ging Detektivinspektor Mackenzie langsam von der Eisenbahnstation nach Morstels' Haus. Er hatte seine Pfeife angesteckt und trug den zusammengerollten Regenschirm, ohne den er niemals ausging.

Als er das Haus auf dem Hügel sah, blieb er stehen und betrachtete das Gebäude – einen häßlichen Betonneubau – eingehend. Es stand am Abhang, und man mußte von dort eine prachtvolle Aussicht haben.

Fünf Minuten später war er bei dem Gebäude selbst angekommen – irgendwie machte es ihm keinen günstigen Eindruck. Er klopfte an die Tür, und ein großer breitschultriger Mann öffnete ihm.

Sein nicht allzu volles Haar zeigte eine rötlichblonde Färbung, und er hatte ein rotes gesundes Gesicht. Mit argwöhnischen Blikken maß er den Detektiv.

»Guten Morgen, Mr. Morstels. Ich bin Inspektor Mackenzie von Scotland Yard.«

Kein Muskel in dem Gesicht des Mannes rührte sich. Er zuckte mit keiner Wimper, während er ihn mit seinen großen, blauen Augen fest ansah.

»Freut mich – bitte treten Sie näher.«

Morstels führte den Inspektor in eine mit Steinfliesen ausgelegte Küche, die niedrig, aber sehr sauber war.

»Hat Miss Stretelli Sie hergeschickt?« fragte er. »Nach allem, was ich von ihr weiß, muß ich das annehmen. Als ob ich nicht schon gerade genug Sorgen und Kummer mit ihrer Schwester gehabt hätte!«

»Wo ist denn Ihre frühere Frau?« fragte Mackenzie geradezu.

»Die muß sich irgendwo in Amerika aufhalten. Selbstverständlich hat sie mir nicht die Stadt genannt, in die sie ziehen wollte. Ich habe ihren letzten Brief oben.«

Nach ein paar Minuten kehrte er mit einem grauen Briefbogen zurück, der weder Anschrift noch Adresse trug.

Ich verlasse Dich, weil ich das ruhige Landleben nicht vertragen kann. Diesen Brief schreibe ich an Bord der Teutonic. Bitte reiche die Scheidungsklage gegen mich ein. Ich möchte Dir nur noch kurz mitteilen, daß ich nicht unter meinem eigenen Namen reise.

Mackenzie betrachtete das Schreiben von allen Seiten.

»Ich möchte nur wissen, warum sie nicht die Briefbogen genommen hat, die man umsonst an Bord bekommen kann?« fragte er freundlich. »Eine Frau, die in aller Eile abreist, packt doch gewöhnlich kein Briefpapier in ihren Koffer. Sie haben sie doch sicher in der Passagierliste gefunden? – Ach so, ich verstehe, das konnten Sie ja nicht, weil sie unter einem anderen Namen reiste. Wie mag sie nur mit den Paßschwierigkeiten fertig geworden sein?«

Der Inspektor sagte das alles leichthin, betrachtete aber dauernd den Mann, der vor ihm stand. Wenn er aber glaubte, daß er Peter Morstels irgendwie beeinflussen konnte, irrte er sich.

»Wie sie mit ihrem Paß fertig geworden ist, geht mich doch nichts an. Darum soll sie sich allein kümmern«, entgegnete der Mann ruhig. »Sie hat mich nicht ins Vertrauen gezogen. Ihre Schwester ist ja ganz darauf versessen, daß ich sie umgebracht haben soll«, sagte er dann und lachte. »Glücklicherweise war ich allein im Haus, als sie neulich herkam. Es hätte ja einen hübschen Spektakel im Dorf gegeben, wenn meine Dienerschaft alles gehört hätte, was sie mir an den Kopf warf.«

Auch Morstels sah den Inspektor dauernd an.

»Ich vermute, daß sie Ihnen auch all den Unsinn erzählt hat. Wenn Sie wollen, gebe ich Ihnen gern die Erlaubnis, das ganze Haus vom Keller bis zum Dach zu durchsuchen. Mehr kann ich wahrhaftig nicht tun. Das einzige, was noch von ihr hier ist, sind ein paar Kleider. Wollen Sie die vielleicht sehen?«

Mackenzie folgte ihm die Treppe hinauf zum großen gemeinsamen Schlafzimmer, das nach vorn heraus lag. In einem eingebauten Schrank fand er einen braunen Pelzmantel, drei Kleider und ein halbes Dutzend Paar Schuhe. Diese betrachtete er und entdeckte ein Paar, das noch nicht getragen war. Mackenzie, der die Frauen kannte, zog seine Schlußfolgerungen aus dieser Tatsache.

Eine Untersuchung des Gartens und des Grundstücks brachte ihn der Lösung auch nicht näher. Er konnte sich nicht erklären, wie die Frau verschwunden sein mochte.

»Was bauen Sie denn da?« fragte Mackenzie und wies auf einen halbvollendeten Betonanbau.

Morstels lächelte.

»Ich wollte einen Anbau fertigstellen. Darin sollte auch ein Schlafzimmer und ein Bad für meine Frau eingerichtet werden. Dieses Haus war ihr nicht gut genug. Der untere Teil war zu einem Wohnzimmer bestimmt, das sie gleichzeitig als Boudoir benutzen wollte. Ich bin kein vermögender Mann, Mr. Mackenzie, aber ich hätte mein letztes Geld für diese Frau hergegeben! Sie war sehr reich, sie hatte Tausende, aber ich habe davon nichts bekommen. Und ich wollte auch gar nichts davon!«

Mackenzie holte tief Atem.

»Dann haben Sie allerdings viel Unglück in Ihren Ehen gehabt«, meinte er, und Morstels brummte etwas, das wohl eine Bestätigung sein sollte.

Nachdenklich reiste Mackenzie nach London zurück, und als er in Scotland Yard ankam, wartete Mona Stretelli bereits in seinem Büro auf ihn.

»Ich kann es Ihnen schon ansehen, daß Sie nichts erreicht haben«, sagte sie.

»Dann müssen Sie ja eine Gedankenleserin sein«, entgegnete er lächelnd. »Es steht bei mir fest – aber das sage ich Ihnen nur inoffiziell –, daß Morstels ein Lügner ist. Er mag ja auch ein Mörder sein, aber das ist noch nicht ganz erwiesen!«

»Glauben Sie, daß Sie etwas finden würden, wenn Sie einen Haussuchungsbefehl hätten?«

Mackenzie schüttelte den Kopf.

»Nein, das glaube ich nicht«, erwiderte er bedauernd. »Dieser Mann ist mehr als ein gewöhnlicher Verbrecher. Wenn er diese unglückliche Frau ermordet haben sollte –«

Er sah, daß sie bleich wurde und schwankte, und eilte zu ihr, um sie zu stützen.

»Es ist nichts«, sagte sie, aber ihr Gesicht nahm einen leidenschaftlichen Ausdruck an, und ihre Augen blitzten so, daß er erschrak. »Und ich schwöre Ihnen«, rief sie heftig, »daß dieser Mann nicht entkommen soll. Er wird für seine Verbrechen zur Rechenschaft gezogen werden –«

Plötzlich brach sie ab, preßte die Lippen zusammen und reichte ihm die Hand.

»Ich werde Sie nicht wiedersehen.«

Mit diesen Worten verabschiedete sie sich von ihm. Am Nachmittag berichtete Mackenzie seinem Chef über den Fall, aber der hatte wenig Hoffnung, die Sache aufzuklären.

»Ich fürchte, wir können nichts tun. Natürlich begreife ich, daß die spanische Dame über den Verlust ihrer Schwester sehr aufgeregt ist. Aber häufig verschwinden Personen, besonders wenn sie – der Boheme angehören. Vielleicht taucht sie in kurzer Zeit in Monte Carlo auf.«

Mackenzie war nicht der Ansicht.

Vierzehn Tage lang sah er Mona Stretelli nicht, aber er las von ihr in der Zeitung. Es waren kostbare Juwelen versteigert worden, die einem Marquis gehörten, und sie hatte einen berühmten Ring mit einer Gemme gekauft, der früher im Besitz von Marie Antoinette gewesen war. In der Zeitung war besonders vermerkt, daß sie zweihundert Pfund dafür gezahlt hatte. In einer illustrierten Zeitschrift erschien sogar eine Abbildung des Ringes, und daraus ging hervor, daß er ein ganz besonderes Aussehen hatte und mit keinem anderen verwechselt werden konnte. Es wurde in den Blättern ausdrücklich erwähnt, daß der Ring eine außergewöhnliche Größe habe und sich wohl kaum als Schmuckstück für eine Frau eigne. Mackenzie wunderte sich, daß Mona Stretelli ihren Schmerz so schnell vergessen hatte und sich mit solchen Dingen tröstete.

Aber dann ereignete sich etwas Unvorhergesehenes. Sie kam nach Scotland Yard, ohne sich vorher anzumelden, und suchte Mr. Mackenzie im Büro auf. Er hoffte, daß sie ihm etwas Neues über den Fall mitteilen würde, aber er war entsetzt und sprachlos, als er den Grund ihres Besuches erfuhr.

»Mr. Mackenzie«, sagte sie, »ich habe Ihnen gegenüber Mr. Morstels verdächtigt. Das war nicht recht von mir. Mein Argwohn hat sich nicht bestätigt.«

Bestürzt sah er sie an.

»Haben Sie ihn denn kürzlich gesehen?«

Sie nickte, und das Blut stieg ihr in die Wangen.

»Ich werde ihn noch diese Woche heiraten«, erwiderte sie mit etwas unsicherer Stimme.

Ungläubiges Erstaunen drückte sich in seinen Zügen aus.

»Sie wollen ihn heiraten?« fragte er atemlos.» Aber Sie wissen doch, mit wem Sie es zu tun haben –«

»Ich fürchte, daß wir beide ein Vorurteil gegen ihn gefaßt haben«, entgegnete sie ruhiger. »Ich täuschte mich jedenfalls. Als ich ihn nachher näher kennenlernte, fand ich, daß er ein liebenswürdiger, faszinierender Charakter ist.«

»Das muß wohl der Fall sein«, sagte der Inspektor grimmig. »Aber sind Sie sich auch über das klar, was Sie tun?«

Sie nickte.

»Ja, ich werde ihn heiraten – wenn seine Scheidung bei Gericht erledigt ist. Ich besuche ihn jetzt für eine Woche. Seine Tante kommt auch, so daß noch eine ältere Dame im Haus ist. Ich sagte Ihnen ja, daß ich Sie nicht wiedersehen würde, und diesmal meine ich es wirklich.«

Dann verabschiedete sie sich kurz und ging. Gerade als sie sich der Tür zuwandte, fiel ihre Tasche zu Boden. Eilig hob Mona Stretelli sie wieder auf und ging hinaus. Beim Fallen hatte sich aber die Tasche geöffnet, und eine längliche, seidene Börse war herausgefallen. Inspektor Mackenzie entdeckte sie erst, als die Dame bereits gegangen war. Sofort öffnete er sie, da er glaubte, er würde eine Karte mit ihrer Pariser Adresse finden, aber er entdeckte nur eine Quittung, die ihn außerordentlich interessierte.

Ein paar Sekunden später wurde sie ihm wieder gemeldet. Allem Anschein nach hatte sie inzwischen ihren Verlust bemerkt.

»Ich weiß, warum Sie gekommen sind«, sagte Mackenzie, als sie mit feuerrotem Gesicht vor ihm stand. »Hier – ich fand die Börse vor ein paar Sekunden auf dem Boden.«

»Ich danke Ihnen vielmals«, erwiderte sie atemlos, und ohne ein weiteres Wort zu verlieren, drehte sie sich kurz um und ging rasch hinaus.

Am nächsten Morgen erhielt Mackenzie ein Telegramm von ihr, in dem sie ihm mitteilte, daß sie aufs Land ginge. Mackenzie hatte seine eigenen Gedanken über den Fall, aber vor allem beschäftigte ihn die Frage, was wohl Peter Morstels zu dem Ring von Marie Antoinette sagen würde.

Am zweiten Morgen nach der Abreise Mona Stretellis ging er zum Waterloo-Bahnhof, um die Leute genauer zu beobachten, die mit dem Zug nach Southampton reisten. Gerade an dem Tag fuhr ein großer transatlantischer Dampfer ab, für den viele Passagiere gebucht hatten. Deshalb war der Zug so überfüllt, daß die Eisenbahndirektion noch einen zweiten Zug folgen ließ.

»Ist doch merkwürdig, wieviel die Amerikaner reisen«, meinte der Stationsvorsteher, als er Inspektor Mackenzie erkannte. »Sehen Sie doch nur die alte Dame dort drüben.« Er zeigte auf eine gebeugte Gestalt in tiefer Trauer, die sich mühsam an zwei Krücken den Bahnsteig entlangschleppte. »Es gehört doch allerhand dazu, daß eine Frau in so vorgerücktem Alter noch eine so lange Reise unternehmen will.«

»Ja, das ist wirklich außerordentlich«, antwortete Mackenzie leise.

Als er am Nachmittag in sein Büro kam, fand er einen befleckten, schmutzigen Briefumschlag vor. Die Adresse war mit Bleistift geschrieben.

Als er ihn öffnete, entdeckte er eine Visitenkarte von Mona Stretelli. Auf der Rückseite standen nur die wenigen Worte:

»Um Himmels willen, kommen Sie und retten Sie mich!«

Mackenzie ging mit dieser Nachricht zu seinem Chef und erstattete Bericht. Und von diesem Augenblick an wollte er nichts mehr mit der Sache selbst zu tun haben. Aber trotzdem wurde ihm der Erfolg zugeschrieben, den die Polizei später hatte.

»Aber Mackenzie, Sie müssen die Leitung des Falles übernehmen«, drängte der Chef.

Mackenzie ließ sich jedoch nicht erweichen, und so wurde schließlich Inspektor Jordan mit der ganzen weiteren Bearbeitung betraut.

Gegen Mitternacht kam Jordan zu dem Haus von Morstels. Er war bewaffnet und hatte sich einige Begleiter mitgebracht; der Chef hatte das angeordnet. Peter Morstels war nur halb angekleidet, als er die Haustür öffnete, und er wurde ein wenig bleich, als er sah, wer sein Besucher war.

»Wo ist Mona Stretelli?« fragte Jordan kurz.

»Sie hat das Haus verlassen«, sagte Peter. »Sie ist gleich am selben Abend wieder fortgegangen. Meine Tante konnte nicht herkommen, und Miss Stretelli wollte sich nicht kompromittieren.«

»Sie lügen«, entgegnete der Detektiv kurz. »Ich werde Sie verhaften und dann das Haus genau durchsuchen.«

Die Durchsuchung ergab nichts, aber am Morgen verhörte Jordan die einzelnen Leute im Dorf und erfuhr verschiedenes, was die Lage Morstels' sehr gefährdete. Zwei Bauern waren von einem benachbarten Dorf zurückgekehrt und hatten dabei einen Weg benützt, der sie in der Nähe seines Hauses vorbeiführte. Und sie hatten den unheimlichen Schrei einer Frau gehört. Es mochte etwa neun Uhr gewesen sein, als dies passierte. Der Schrei kam deutlich aus der Richtung des Hauses. Sonst hörten sie nichts. Die Bauern kümmerten sich wenig um die Sache. Als Morstels später darüber ausgefragt wurde, gab er ohne weiteres zu, daß Mona Stretelli aus keinem besonderen Grunde plötzlich angefangen hatte, furchtbar zu schreien.

»Sie benahm sich wie eine Wahnsinnige. Man konnte sie kaum halten. Aber Sie können mich doch nicht verhaften, weil eine Frau hier geschrien hat? Ich ließ ihr eine Stunde Zeit, sich zu beruhigen. Dann ging ich zu ihrem Zimmer, klopfte an die Tür, erhielt aber keine Antwort. Als ich öffnete, war sie fort. Wahrscheinlich war sie durch das Fenster gesprungen, denn von dort aus konnte sie leicht die Straße erreichen.«

»Die Geschichte macht aber einen ganz faulen Eindruck«, sagte Jordan. »Ich bringe Sie jetzt zur Polizeiwache, während Ihr Anwesen durchsucht wird.«

Man wühlte den Garten um, und am dritten Tag machte man eine große Entdeckung. In einer Tiefe von nicht ganz anderthalb Metern fand man einen Haufen halbverbrannter Knochen. Was den Fund für Morstels so gefährlich machte, war die Tatsache, daß man den halb verkohlten und zusammengeschmolzenen Ring Marie Antoinettes entdeckte!

Jordan kehrte nach London zurück und teilte Mackenzie sofort die Neuigkeit mit.

»Jetzt ist ja alles klar. Er hat wahrscheinlich die Leichen seiner ermordeten Frauen verbrannt. Ich habe auch einen großen Herd in der Küche entdeckt. Bei der Abgelegenheit des Hauses muß es ihm leichtgefallen sein, das zu tun, ohne daß andere Leute es merkten. Übrigens habe ich durch unseren Mediziner bereits feststellen lassen, daß es sich um Menschenknochen handelt.«

»Es müssen deshalb aber noch nicht die Knochen Mona Stretellis sein«, warnte ihn Mackenzie.

»Aber wir haben doch auch die Überbleibsel dieses sonderbaren Ringes gefunden. Das genügt doch wohl als Beweis!«

Während des langen Prozesses, der nun folgte, zeigte Morstels eine Kaltblütigkeit, die ihresgleichen suchte. Erst als das Todesurteil ausgesprochen wurde, brach er zusammen, aber er faßte sich bald wieder.

Am Morgen vor der Hinrichtung fuhr Mackenzie nach dem Gefängnis von Nottingham, um den Verurteilten noch einmal zu sprechen. Morstels hatte es selbst so gewünscht. Als der Inspektor in die Zelle kam, rauchte der Gefangene eine Zigarette und plauderte mit einem Wärter. Er nickte Mackenzie zu.

»Sie haben mir Unglück gebracht, aber ich werde Ihnen wenigstens noch ein Geständnis machen. Ich habe verschiedene Frauen umgebracht, im ganzen drei.« Er zuckte gleichgültig die Schultern. »Ich habe sie alle in Beton eingemauert, und zwar in dem Fundament zu dem Anbau meines Hauses«, fuhr er dann lachend fort. »Mona Stretelli habe ich aber nicht ermordet, darauf kann ich jeden Eid leisten. Es ist tatsächlich etwas hart für mich, Mackenzie, daß ich wegen eines Mordes gehängt werden soll, den ich gar nicht begangen habe."

Er dachte eine Minute nach.

»Ich möchte diese Mona Stretelli doch noch einmal wiedersehen und ihr gratulieren.«

Mackenzie antwortete nicht. Er hatte an jenem Tag in Monas Tasche eine Quittung für eine Schiffspassage nach den Vereinigten Staaten gesehen, und um sich zu vergewissern, war er dann zum Waterloo-Bahnhof gegangen und hatte sie trotz ihrer guten Verkleidung erkannt. Sie war die alte Frau auf Krücken gewesen.

Am Abend nach ihrer vermeintlichen Ermordung befand sie sich an Bord eines Ozeandampfers und fuhr einer neuen Heimat entgegen. Sie hatte sich die halbverbrannten Menschenknochen in einem anatomischen Institut besorgt und auf Morstels' Grundstück zusammen mit dem Ring Antoinettes vergraben. Mackenzie hatte es gewußt, aber nichts davon gesagt und auch nichts getan, um die Sache aufzuklären. Sein Pflichtbewußtsein und sein Gerechtigkeitssinn waren in schweren Konflikt geraten, aber im ganzen war er über den Ausgang des Falles Stretelli höchst befriedigt.

»Auf schwarzdunklem Moor oder felswildem Strand
Leg' ich mich nieder, wegmüd und krank.
Kalt wölbt sich der Himmel von West nach Ost,
Weder Mantel noch Decke schützt mich vor Frost.
Nur kaltfunkelnde Sterne halten still Wacht –
Wer weiß, wo ich ruhn werde in dieser Nacht!«

Wenn dies nicht Poggys Lieblingsballade gewesen wäre, würde Ferdie auch den Mund gehalten und nichts gesagt haben. Aber sooft sich Letty an den schönen Flügel setzte, mit ihren schlanken, weißen Händen über die Tasten fuhr, die Noten vornahm und sagte: »Ach, das mag ich nicht«, oder: »Das ist herrlich, aber ich kann es leider noch nicht richtig zum Ausdruck bringen«, und schließlich den »Zigeunersang« spielte, konnte Ferdie einfach wütend werden. Er biß dann die Zähne zusammen, lehnte sich in seinem Sessel zurück und sagte das große Einmaleins vor- und rückwärts her, bis sie mit dem Stück fertig war. Natürlich hatte Poggy den »Zigeunersang« gedichtet und komponiert. Sein Name, E. Poglam Bannett, stand in großen Buchstaben quer auf der Vorderseite, und Poggy erhielt unglaublich hohe Summen als Tantiemen für diese Komposition. Zu den Ungläubigen gehörte auch Ferdie.

»Das ist doch einfach ein blödsinniges Gedudel«, sagte Ferdie. »Dabei kann man sich doch überhaupt nichts Vernünftiges denken. Wie kann man nur so etwas sagen: ›Wer weiß, wo ich ruhn werde in dieser Nacht!‹ Einen solchen Quatsch brauchst du doch nicht zu singen. Du weißt doch sehr gut, wo dein Zimmer ist!«

Letty ließ die Hand in den Schoß sinken. Am liebsten hätte sie ihm eine Ohrfeige gegeben.

Aber statt dessen nahm sie ein Buch, ging zum Bibliothekstisch hinüber, den ihr Vater im Wohnzimmer aufgestellt hatte, und setzte sich. Dann unterhielten sich die beiden miteinander. Aber es kam in den nächsten zehn Minuten zu einer scharfen Auseinandersetzung.

»Hoffentlich ist dir bewußt«, erklärte Ferdie mit stockender Stimme, »daß du mein ganzes Leben zerstört hast.«

Lettice Revel dachte darüber nach, dann runzelte sie die Stirn, verzog den Mund und überlegte sich, was sie ihm antworten sollte.

»Du spielst also auch den sehnsüchtigen Spanier?« fragte sie schließlich.

Ferdie kannte die letzten Operetten nicht und wußte daher auch nichts von dem Schlager »Der sehnsüchtige Spanier«. Aber die Spanier waren im allgemeinen ein romantisches und melancholisches Volk, deshalb hatte er nichts gegen die Bezeichnung einzuwenden.

»Ja, ich glaube, daß die Spanier auch zu solchen Stimmungen neigen. Ich sage dir, Letty, wie ein dürrer, kahler Fels steht mein zerstörtes Leben in der Brandung des Weltalls. Du hast mich einfach vernichtet. Es ist, als ob ich von den rasiermesserscharfen Rädern des Schicksals zermalmt würde!«

»Ach, du meinst zu einer Art Frikassee? Das erinnert mich an Irish Stew«, erwiderte sie interessiert. »Weißt du, wir hatten eine greuliche Lehrerin für Kochen im Pensionat. Wir haben sie die ›Zähe Dora‹ getauft, weil sie immer –«

»Aber ein Mann darf doch mit Recht verlangen, daß eine Frau nicht mit nägelbeschlagenen Schuhen auf seinen heiligsten Gefühlen herumtrampeln wird, wenn sie seinen Ring angenommen und auf seine Frage erwidert hat, daß sie ihn liebt. Wenn ein Mann noch Prinzipien hat und es deshalb ablehnen muß, zu einer Gesellschaft zu gehen, in der sich ein schrecklich fetter kleiner Musiker mit schwarzen öligen Locken und Hundeaugen breitmacht, dann ist er vollkommen in seinem Recht. Dieser blöde Hammel von einem Komponisten will sich bloß interessant machen und denkt, er ist gescheit, wenn er dumme Witze erzählt, die er sich doch nur aus einer Zeitung ausgeschnitten hat ... Ja, da staunst du! Aber ich habe sie deutlich in seiner Brieftasche gesehen. Nein, dahin gehe ich nicht, und ich will auch nicht, daß du hingehst. Siehst du denn das nicht ein, Letty?«

Sie fuhr mit der Hand über die Stirn, die von schönen goldenen Locken umrahmt war, und lehnte sich resigniert zurück.

»Wer ist denn eigentlich der Mann, von dem du da immer redest? Dieser dicke, schwarzlockige Mann?«

»Selbstverständlich Poggy«, entgegnete er empört.

»Aha!« sagte Letty ruhig und seufzte.

Sie sah Ferdie jetzt ernst an. Jede Linie ihres Gesichtes zeigte, daß sie sich der Wichtigkeit des Augenblicks wohl bewußt war. Sie hatte ihren Verlobungsring mit dem großen Brillanten vom Finger gezogen und neben sich auf den Tisch gelegt. Ferdie sah beunruhigt auf den Ring, dann auf sie.

»Es hat keinen Zweck, daß wir diese peinliche Unterhaltung noch fortsetzen«, erklärte sie entschieden. »Ich mußte eben erleben, daß meine Ideale zusammenbrachen . . .«

»Was soll das heißen? Zusammenbruch deiner Ideale? Das klingt fast wie ein Kinodrama von Liebe und Aufopferung.«

»Sei ruhig – wir wollen uns trennen, ohne noch eine große Szene zu machen«, erwiderte sie und reichte ihm die Hand. »Ich werde dich niemals vergessen, Reggie.«

Er machte ein verzweifeltes Gesicht.

»Es hat gar keinen Zweck, dir noch zu sagen, daß ich Ferdinand heiße. Du hast dich schon genügend blamiert.«

Wütend nahm er den Ring.

»Untersteh dich nur nicht, ihn ins Feuer zu werfen«, warnte sie ihn, als er ihn anklagend hochhob.

»Da täuschst du dich aber sehr. Das Stück kostet hundertfünfundzwanzig Pfund. Abzüglich der zehn Prozent Nachlaß, die ich erhalten habe, weil ich den Direktor der Firma persönlich gut kenne. Meinst du, ich bin so blöde, daß ich ein solches Vermögen zum Fenster hinauswerfe? Ich wollte nur sehen, ob du den Ring verbogen hast! Aber du hast ihn wenigstens einigermaßen sorgfältig behandelt. Also, leb wohl, Letty.«

Sie sah ihn so sonderbar an, daß er stehenblieb.

»Sag mal, willst du jetzt auf die Löwenjagd gehen?« fragte sie ironisch.

Er schaute sie stumm und verzweifelt an.

»Oder willst du dir ein Haus mitten in einer Fiebergegend von Zentralafrika bauen? Wenn du mir früher solche Geschichten erzähltest, habe ich sie geglaubt, Ferdie. Ja, ich habe sogar einmal einen großen Aufruf in die Zeitung gesetzt und an verschiedene Blätter geschickt, die in Zentralafrika gelesen werden, aber am selben Abend sah ich dich dann bei Chiro, wo du Molly Fettingham den neuesten Tango beibrachtest. Ferdie, bedenke, daß du hier zu einer Frau sprichst, die schwer gelitten hat.«

»Das darfst du mir nicht vorwerfen. Ich versäumte damals den Dampfer.«

»Natürlich. Du hattest ja genug damit zu tun, Mollys weit ausgeschnittenen Rücken zu bewundern. Ich kenne dich zur Genüge. Du gehst doch nicht fort, vor allem nicht nach Afrika. Morgen kniest du wieder hier zu meinen Füßen.«

Sie zeigte auf die Teppichstelle vor sich, und Ferdie sah sich das Muster genau an.

Durch das offene Fenster kamen die sanften Känge der Kirchenglocken und der Weihnachtslieder. Eine Kapelle der Heilsarmee spielte an der nächsten Straßenecke. Ferdie erkannte sie an dem verstimmten hohen E der Ersten Trompete.

»Das ist also der Weihnachtsabend«, sagte er bitter.

»Ja, heute ist der Vierundzwanzigste – wußtest du das denn nicht?«

»Und morgen ist der erste Weihnachtsfeiertag. Da hast du natürlich diesen Jüngling mit den Schweineschmalzlocken – deinen Poggy – hier. Dann kannst du ihm ja vorsingen: ›Wer weiß, wo ich ruhn werde in dieser Nacht!‹, und du kannst dir die Seiten halten vor Lachen, wenn er seine kindlichen Witze erzählt, die nicht einmal auf seinem eigenen Mistbeet gewachsen sind. Leider geht heute abend kein Dampfer nach Asien, aber vielleicht denkst du später einmal daran, wenn ich fort bin, daß ich einsam in einer Kneipe sitze und mein Elend in Bier ertränke – ganz allein!«

»Sicher brauchst du niemand zur Unterstützung, wenn du Bier trinken mußt«, entgegnete sie eisig. »Ferdie, ich wünsche dir ein fröhliches Fest. Es liegt ja kein Grund vor, warum wir nicht auch fernerhin gute Freunde bleiben sollen. Ich habe leider schon seit einiger Zeit erkannt und mich zu der Überzeugung durchgerungen, daß wir unserem Temperament nach nicht zusammenpassen. Und heutzutage haben sich die Zeiten geändert, eine Frau hat mindestens auch das Recht, sich ihre Freunde auszuwählen.«

»Eine Frau!« sagte er und geriet wieder in Harnisch. »Weißt du noch, daß ich vor einem Jahr in den Weihnachtsferien jeden Tag hergekommen bin und mir die größte Mühe gegeben habe, dir Mathematik einzubleuen, damit du ein anständiges Schulzeugnis bekommst? Wer hat denn die halben Nächte hier gesessen, nur um dir gefällig zu sein und dir zu helfen?«

»Die Vergangenheit ist für mich tot«, sagte sie würdevoll.

»Natürlich . . . Was bist du doch für eine elegante, große Dame von Welt!«

Bisher hatte sie sich beherrscht und war ruhig geblieben, aber jetzt sprang sie auf. Sie hätte die große Dame von Welt weiterspielen können, aber die letzten Worte hatten sie doch zu sehr geärgert.

»Ferdie, jetzt machst du, daß du hinauskommst! Oder soll ich dem Butler klingeln, daß er dich hinauswirft?«

Ferdinand machte eine stumme Verbeugung. Diesen Zornesausbruch hatte er nicht erwartet, und für den Augenblick jedenfalls war er geschlagen.

»Ich will nur sagen –«, begann er.

Sie ging zum Kamin, legte einen Finger auf die elektrische Klingel und sah ihn düster und doch zugleich neugierig an, denn sie war gespannt, was er jetzt tun würde.

Mr. Ferdinand Stevington trat auf die Straße hinaus und schlug den Kragen seines Mantels hoch. Es regnete ein wenig, und es wehte ein warmer Westwind.

Und nun stand Ferdie an dem schönen, schmiedeeisernen Zaun, der das Trottoir von dem Vorgarten trennte, und sah mit trüben Augen nach dem hellerleuchteten Fenster, hinter dem sie weilte. Er fühlte sich so unendlich einsam und verlassen, und er war wütend und aufgebracht über all die Leute, die es besser hatten als er, die nicht bei Wind und Wetter von Haus und Hof vertrieben wurden und ihm nicht einmal die Brotkrumen gönnten, die von ihren reichbesetzten Tafeln fielen.

Sein Chauffeur Nobbins brachte den eleganten Rolls-Royce geräuschlos und geschickt an die Bordschwelle des Gehsteigs.

»Nein, ich danke Ihnen, Nobbins; ich werde zu Fuß gehen«, sagte Ferdie mit zitternder Stimme.

»Es regnet aber.«

»Das habe ich noch gar nicht gemerkt«, erwiderte Ferdie und fluchte, als ihm im selben Augenblick ein Regentropfen ins Auge fiel. »Ich werde trotzdem gehen“, beharrte er.

Er trug elegante, schwarze Lackschuhe, und auf der Straße war es naß und schmutzig. Schon oft hatten sich selbst gesunde Leute eine tödliche Krankheit durch nasse Füße zugezogen; der Tod hatte sie hinweggerafft, und an ihrer Bahre knieten dann Frauen mit rotgeweinten Augen. Aber auch die bitterste Klage konnte Tote nicht auferwecken. Ferdie biß die Zähne zusammen und ging am Rinnstein entlang.

Die Kapelle der Heilsarmee an der Ecke der Duke Street spielte den schönen Choral: »Christen, erwacht!« Das war allerdings etwas überflüssig, denn die meisten Christen in der Duke Street waren schon seit Stunden wach. Viele von ihnen tanzten nach den Klängen des Radios, und die Christen, die nach einem guten Abendessen und nach einem oder mehreren Likören in den Klubsesseln eingeschlafen waren, durften eigentlich nur vom Oberkellner oder vom Klubdiener aufgeweckt werden.

Aber in dieser feierlichen Stimmung zögerten selbst die Oberkellner, dieser Aufforderung der Heilsarmee nachzukommen.

Mit düsterem Ausdruck ging Ferdie weiter, und als die schöne Adjutantin der Heilsarmee ihm zaghaft die Sammelbüchse hinhielt, zuckte er nur wild die Schultern. Aber nach ein paar Schritten bereute er sein Verhalten, drehte sich um und gab reichlich. Dann kam ihm plötzlich ein Gedanke.

»Ach, würden Sie die Liebenswürdigkeit haben, mit Ihrer Kapelle nach dem Haus Nr. 74 zu gehen? Spielen Sie: ›Wo wandert mein Herzliebster heut nacht.‹ Ist das möglich?«

Sie sprach mit dem Trompeter, und die Sache wurde sofort arrangiert.

Mit leichterem Herzen setzte Ferdie seinen Weg fort. Seine Wohnung in der Devonshire Street kam ihm einsam und verlassen vor. Auf dem Tisch lag ein kleines Päckchen, das in Silberpapier eingepackt und mit einem blauen Seidenband zugebunden war. Als er es sah, sank seine Stimmung sofort wieder unter Null. Auf dem Kamin stand die Fotografie eines schönen Mädchens, aber er drehte ihr ostentativ den Rücken zu.

»Nobbins ist hier.«

Der Diener wagte bescheiden, diese Äußerung zu tun.

»So, er ist hier? Dann lassen sie ihn nach Hause gehen und in den Schoß seiner Familie zurückkehren. Es ist heute Weihnachten – gehen Sie auch zu Ihrer Frau und zu Ihren Kindern!«

»Ich bin nicht verheiratet.«

Ferdie wandte sich müde nach ihm um.

»Haben Sie keine Familie?«

Stephen war ein sehr ordentlicher, frommer Mann, und sein höchster Ehrgeiz bestand darin, eines guten Tages einen Posten bei der Inneren Mission zu erhalten. Er hatte doch seinem Herrn gesagt, daß er nicht verheiratet war. Wie konnte er da Kinder haben! Er sah ihn vorwurfsvoll an. »Wie könnte ich denn eine Familie haben?« sagte er sanft, aber doch entrüstet.

Ferdie setzte sich tief in einen Sessel.

»Stephen, was haben Sie morgen vor?«

Der Diener räusperte sich.

»Wenn Sie es gestatten, wollte ich gern den Morgengottesdienst im Heim für Findelkinder mitmachen. Am Nachmittag gehe ich mit verschiedenen Freunden zum Marylebone-Arbeitshaus und spiele dort den armen Leuten ein wenig vor. Ich bin nämlich sehr musikalisch.«

»Ach, spielen Sie Harfe?«

»Nein, Saxophon. Das ist recht schwierig.«

»Dann gehen Sie hin und spielen Sie. Tragen Sie etwas von der Festfreude auch zu diesen armen, vereinsamten Menschen.«

Plötzlich richtete sich Ferdie auf.

»Sagen Sie, können Sie auch das Lied spielen: ›Wo wandert mein Herzallerliebster heut nacht‹?«

»Nein.«

Ferdie zeigte nach der Tür.

Stephen verneigte sich und ging hinaus.

Morgen war Weihnachtsfeiertag. Alle Einladungen bis auf eine hatte er abgelehnt. Und diese eine ... Er lachte wild auf, so laut, daß man es draußen in der Dienstbotenstube hören konnte, wo Stephen und Nobbins Zigarettenbilder austauschten.

»Man muß an einem Weihnachtsabend vieles entschuldigen, Nobbins«, sagte Stephen, während christliche Nächstenliebe aus seinen Augen leuchtete. Sie waren beide Mitglieder einer frommen Gemeinschaft, aber Stephen war der frömmere von beiden. »Sagen Sie, kommen Sie morgen in das Arbeitshaus von St. Marylebone?«

»Bin ich etwa auch besoffen?« fragte der Chauffeur vorwurfsvoll.

Aber Ferdie war durchaus nicht besoffen, er war nicht einmal angeheitert. Er litt nur an gebrochenem Herzen. Es war vollständig zu Ende mit ihm. Sein Leben war zerstört, was sollte er noch damit anfangen? Ein Kind aus dem Feuer retten, wobei er sein Leben aufs Spiel setzte? Das Feuer mußte aber gerade in dem Haus ausbrechen, das Nr. 74 gegenüberlag. Rasieren brauchte er sich heute auch nicht mehr. Dann würde er einen Vollbart bekommen, zur See gehen, in weite Ferne, und später zurückkehren, schwarzbraun gebrannt von der Tropensonne. Ungewohnt des Verkehrs in der Großstadt würde er von einem Auto überfahren werden, nämlich von Lettys Zweisitzer. Und dann würden sie ihn aufheben und sterbend in das Haus Nr. 74 tragen. Wie würde Letty dann weinen! Er hörte schon ihren schrillen Aufschrei: »Ach, das ist ja Ferdie – was habe ich getan!«

Und wenn er dann als Seemann zurückkam, würde er immer tiefer und tiefer sinken, das heißt, sein in guten Aktien angelegtes Vermögen würde immer noch zehn bis zwölf Prozent bringen, das wurde nicht weiter davon betroffen. Davon konnte er ja im Augenblick absehen. Also, er würde immer tiefer und tiefer sinken, bis er schließlich im Armenhaus landete. Aber Stephen sank dann auch immer tiefer, bis er schließlich im Armenhaus im Zimmer nebenan wohnte! Dann konnte er ihm wenigstens morgens den Tee bringen und das Rasierwasser – nein, rasieren brauchte er sich ja nicht mehr, und dann würde er tagsüber auf den Straßen umherschleichen und Schnürsenkel und Streichhölzer verkaufen. Und eines Tages würde Letty des Weges kommen, auch etwas von ihm kaufen und ihn bestürzt ansehen. Bleich würde sie werden und mit ersterbender Stimme ausrufen: »Ach, Ferdie, habe ich das getan? Oh, welches Unrecht von mir!«

Ferdie klingelte.

»Bringen Sie mir ein Glas Milch«, sagte er, als Stephen kam.

»Warm oder kalt?«

Ferdie zuckte die Schultern.

»Das ist mir ganz gleich«, sagte er und stöhnte. Er war in einer gefährlichen Stimmung.

Und heute war Heiliger Abend! Er erinnerte sich an eine Weihnachtsgeschichte, die er einmal gelesen hatte. Irgend jemand hatte sie geschrieben – ach, Dickens hieß er. Ferdie nickte. Er erinnerte sich genau, daß es Dickens war. Welch ein fabelhaftes Gedächtnis für Namen hatte er doch! Die Geschichte handelte von einem alten Filz, einem Menschenfeind, einem Kerl, der das Weihnachtsfest haßte, der mit Verachtung an den Schaufenstern und ganzen Reihen herrlicher Christstollen vorbeiging und nur höhnisch grinste, wenn er rotbackige Äpfel und Nüsse vor sich sah. Ein Mann, der sich nichts aus Plumpudding machte und den Tannenbaum verachtete. Ferdie gab ihm ganz recht. Was für einen Zweck hatte auch das alberne Getue? Wie hieß der Mann doch gleich? Gooch oder Groodge ... Scrooge! Jetzt wußte er es wieder. Ferdie konnte das Weihnachtsfest auch nicht mehr leiden. Er haßte alles, was irgendwie fröhlich oder heiter war.

Mühsam erhob er sich und drehte die Heizung ab, um die Temperatur im Zimmer herunterzubringen, so daß sie in Einklang mit seiner Stimmung kam. Stephen klopfte an die Tür, um sich zu verabschieden. »Frohe Weihnachten.«

»Frohe Weihnachten«, erwiderte Ferdie ironisch durch die Nase. Das hatte er früher nie getan, aber Scrooge sprach doch auch durch die Nase.

»Oh, haben Sie sich erkältet?« Stephen konnte sehr fürsorglich und väterlich sein.

»Nein, ich habe mich nicht erkältet! – Weihnachten! Löschen Sie das Feuer aus! Schließen Sie Brot und Butter fort! Tun Sie es ja, Stephen. Und wenn ein Bettler kommt, soll er nichts erhalten. Ihr Gehalt werde ich heruntersetzen – ich brauche Sie übrigens gar nicht mehr, nächste Woche können Sie gehen!«

Es schmerzte Ferdie, durch die Nase zu lachen; es war so, als ob es ihm nach Champagner aufstieße und sich die Luftblasen auf dem falschen Weg entfernen wollten, aber trotzdem lachte er.

Stephen ging zu dem Dienstbotenraum zurück.

»Nobbins«, sagte er ernst, »wir wollen zusammen für unseren Herrn beten.«

»Ja, wenn es nicht zu lange dauert.«

Und so saß Ferdie in dumpfer Verzweiflung, während Stunde um Stunde verging. Um Mitternacht riß er das kleine Päckchen in dem Silberpapier an sich, zog die Schleife auf und wurde dann nachdenklich. Sorgsam glättete er das Silberpapier und drückte auf den Knopf des kleinen Etuis. Glitzernd und glänzend lag ein großer Diamant an einer Platinkette vor ihm auf dem blauen Plüsch. Das Ding hatte viel Geld gekostet. Und was würde Letty ihm auch schon dafür geschenkt haben? Höchstens eine Zigarettenspitze, einen Spazierstock oder einen Manikürkasten. Nun, das konnte sie jetzt Poggy schenken! Er biß die Zähne aufeinander, daß sie knirschten. Letty würde auch enttäuscht sein, wenn sie kein Geschenk bekäme. Aber nein, so durfte er nicht denken. Er mußte größer sein, erhaben über Kleinlichkeiten. Er mußte ihr das Geschenk noch zusenden und dann gehen. – Leise fortgehen! Wohin, wußte er selbst noch nicht. In irgendeine fremde, ferne Stadt, wo ihn niemand vermutete.

Aber wer würde sich dann noch um ihn kümmern? Er runzelte die Stirn. Stephen würde ihn sicher vergessen und bald einen neuen Herrn finden. Der Steuereinnehmer würde ihn schließlich auch vermissen, und das Finanzamt würde dann an seinen Rechtsanwalt schreiben. Und Letty ...? Die würde kaltherzig durchs Leben gehen. Sie wußte nicht, was sie an ihm verloren hatte. Ja, sie würde sich die Seiten vor Lachen halten, wenn ihr dieser Komponist, dieser Musiker, dieser gemeine Poggy einen abgedroschenen Witz erzählte, dieser blöde Kerl mit dem Affengesicht!

Stephen klopfte wieder an die Tür.

»Wann wünschen Sie morgen den Tee?«

Ferdie biß sich auf die Lippen.

»Es ist möglich, daß ich morgen früh gar keinen Tee trinken mag, Stephen. Ich weiß noch nicht, was ich tun werde. Vielleicht reise ich weit fort. Kümmern Sie sich nicht um mich. Hüten Sie die Wohnung. Mein Rechtsanwalt wird Ihnen das Gehalt weiterzahlen.«

»Darf ich Ihnen die Post nachschicken?«

Ferdie seufzte vor Ungeduld.

»Ich bin wahrscheinlich längst tot, wenn die mich erreicht!«

»Sehr wohl. Gute Nacht, und ein frohes . . . Gute Nacht.«

Auf den Mann hatte er wenigstens Eindruck gemacht, das mußte Ferdie feststellen. Aber auf andere Leute würde er auch Eindruck machen. Er nahm das Kursbuch aus dem Bücherschrank und sah nach, wann der erste Zug nach Bournemouth fuhr.

Aber vor allem, er mußte das Päckchen für Letty noch zurechtmachen. Er mußte ihr auch etwas schreiben, nur ganz kurz selbstverständlich, aber sehr höflich – aber nicht zu höflich, nein, wegzuwerfen brauchte er sich nicht. »In treuer Freundschaft, Ferdinand Stevington.« Oder: »Indem ich ein frohes Weihnachtsfest wünsche« – nein, das wäre doch zu kalt.

Er griff nach einem Briefbogen und seinem Füllfederhalter.

»Meine liebe Letty«, begann er, aber dann nahm er schon ein neues Blatt, da er zu schlecht geschrieben hatte. »Meine liebe, gute Letty«, begann er wieder. Weg damit!

»Meine teure Freundin! Diese Kleinigkeit« – ursprünglich hatte er schreiben wollen »diese teure Kleinigkeit«, aber das ging doch nicht gut – »sende ich Dir mit meinen besten Wünschen . . .«

Er durfte sie unter keinen Umständen fühlen lassen, daß sie an allem schuld war. Ritterlich mußte er sein.

»Ich fürchte, ich habe mich Dir gegenüber sehr grob benommen – verzeih mir!! Ich mache eine weite Reise, und es wäre möglich, daß wir uns nicht wieder treffen –«

Er hielt inne und überlegte sich, ob er schreiben sollte »für einige Tage«. Aber dann kam er zu dem Schluß, daß es besser wäre, nichts Genaues über die Reise mitzuteilen. Es wäre auch zu grausam gewesen, falsche Hoffnungen zu erwecken.

»Ich habe Deinen Ring in einem versiegelten Umschlag in meiner Wohnung im Schreibtisch zurückgelassen. Er wird dann später mit all den anderen kleinen Andenken gefunden werden . . . Schließlich war mein Leben doch nicht ganz umsonst. Wer weiß, wo ich ruhn werde in dieser Nacht?«

Sorgsam löschte er die Karte ab und las noch einmal jede Zeile aufmerksam durch. Wie würde ihr das Herz weh tun, wenn sie diese Worte sah! Zögernd legte er den Brief unter das länglich flache Etui und wickelte sorglich das Silberpapier und das blaue Seidenband darum. Dann steckte er alles in ein längliches Kuvert, schlich sich heimlich und leise zu Lettys Haus, öffnete die Klappe des Briefeinwurfs und ließ den Brief hineinfallen. Die Adresse war ganz schlicht gehalten: »An Letty von F. S.«

Er richtete sich auf und holte tief Atem. Er hatte etwas Großzügiges getan. Es war wirklich ein edler Akt der Selbstlosigkeit, das Geschenk war ebenso wertvoll wie der Schenkende. Ferdie wußte, daß er sich nicht falsch beurteilt hatte. Und doch ...

Ferdie saß wieder zu Hause in seinem Lehnsessel.

Und doch ...?

Hatte er sich in ihren Augen nicht zu sehr erniedrigt? War das nicht eine vollkommene Aufgabe seiner Persönlichkeit? War er nicht dauernd im Recht gewesen? Was hatte sie gesagt? Morgen würde er wieder auf dem bunten Teppich vor ihr knien? Er erinnerte sich noch genau an das Muster. Nein, das gab es nicht! Hätte er nicht besser nur eine einfache Weihnachtskarte geschickt? Dort stand noch eine auf dem Kamin. Seine Amme hatte sie ihm gesandt und nur eine gedruckte Visitenkarte zugefügt. Er nahm sie in die Hand und betrachtete sie genauer. Es war eine blaue Landschaft mit einem blauen Häuschen und einem weißen Mond. Boden und Dach waren mit weißem Flitter bestreut, der in dem Schein der Lampe glitzerte und leuchtete.

Aber dann biß sich Ferdie auf die Oberlippe. Am Ende würde sie ihn auslachen und bemitleiden, diesen armen Jungen, der sich so töricht benahm. Nein, so schnell durfte er nicht zu Kreuze kriechen!

Ferdie erhob sich und streifte die Pantoffeln ab.

Natürlich würde sie Poggy das alles erzählen ...

Schnell nahm er die Karte vom Kamin und schrieb darunter: »Frohe Weihnachten. F.« Dann steckte er sie in ein Kuvert.

Irgendwo im Büfett mußte doch eine silberne Eiszange liegen, damit konnte man das Päckchen wieder aus dem Briefkasten herausfischen. Er war wirklich umsichtig, das Zeugnis mußte er sich selbst ausstellen, als er die lange Silberzange in die Manteltasche steckte.

»Wenn es darauf ankäme, würde ich ein gefährlicher Verbrecher werden«, sagte er müde und mit einem bitteren Lächeln.

Draußen hielt er ein Taxi an und fuhr nach Langham Place. Dort entließ er den Chauffeur und ging zu Lettys Wohnung. Es regnete immer noch, aber inzwischen war der Regen feiner geworden, und ein leichter Nebel hatte sich hinzugesellt. Um Weihnachten herrscht meistens solches Wetter in England.

Aus den Häusern tönte jetzt lustige Tanzmusik. Ohne es recht zu wissen, ging Ferdie im Takt den Bürgersteig entlang.

Eine nahe Turmuhr schlug zwei.

Das Haus Nr. 74 war vollkommen dunkel, als er an die Tür herantrat. Im nächsten Augenblick faßte er mit der Eiszange in den Briefkasten, zog ein Päckchen heraus, das ihm bekannt vorkam, und steckte es schnell in die Tasche.

»Hallo, was machen Sie denn hier?«

In seiner Aufregung ließ Ferdie die silberne Zange fallen, so daß sie klirrend aufs Pflaster fiel.

»Ach, ich bitte um Verzeihung«, sagte er. »Vergnügte Weihnachten.« Etwas anderes fiel ihm im Augenblick nicht ein.

»Ja, und auch ein vergnügtes neues Jahr«, erwiderte der große Polizist, der geräuschlos auf ihn zutrat. »Sie kommen jetzt mit mir nach der Marylebone Lane.«

»Wenn Sie sich einbilden, daß ich um diese Zeit einen großen Spaziergang mache, dann haben Sie sich aber geschnitten! Im Sommer, bei Sonnenschein und Blütenduft, blauem Himmel und weißen Wolken, ist das etwas anderes . . .«

»Also, kommen Sie jetzt in aller Ruhe mit?«

Die Worte klangen drohend, und Ferdie wurde es nun doch seltsam zumute. Er hielt sich an dem eisernen Geländer fest.

»Sind Sie ein Polizist?«

»Ja, Sergeant M'Neill. Vorwärts, mein Junge, ich habe Sie schon eine ganze Weile beobachtet.«

Er packte Ferdie am Arm, und sie gingen beide die Straße entlang.

»Na, wo ist denn Ihr Spezel Lew?« fragte der Beamte. Ferdie wußte nicht recht, was der Mann meinte.

Auf der Polizeistation sah er sich einem ärgerlichen Sergeanten gegenüber, der seinen Federhalter niederlegte und den Gefangenen erst einmal von Kopf bis Fuß musterte.

»Name?«

»Mein Name . . . Smith?«

»So heißen alle Vögel, die hierherkommen. Vorname ist natürlich John oder William?«

Ferdie dachte angestrengt nach.

»Caractacus«, sagte er dann.

Der Sergeant sah ihn ironisch an.

»Adresse?«

»Buckingham Palace. Haha!« Ferdie lachte ärgerlich.

Der Sergeant kannte solche Witze.

»Weigert sich, seine Adresse anzugeben – nun, wie lautet die Anklage?«

»Er hat einen Briefkasten bestohlen. Ich habe ihn auf frischer Tat ertappt, als er sich am Haus Nr. 74 mit Diebswerkzeug an dem Briefkasten zu schaffen machte.«

Der Polizist legte die Eiszange auf das Pult.

»Hat er etwas gestohlen?«

Nun kam auch noch das Päckchen auf den Tisch, und Ferdie kratzte sich das Kinn. Er hatte sein Geschenk doch in ein langes Kuvert gesteckt. Das war aber gar nicht sein Kuvert, und außerdem war es mit einem zinnoberroten Band zusammengehalten.

»Von Poggy für Letty«, las der Detektiv.

Ferdie taumelte zur Tür, aber der Polizist hielt ihn fest.

»Ein Diamentschmuckstück mit Smaragden in Form eines Klaviers«, sagte der Beamte hinter dem Pult.

»Ein ganz blöder Geschmack!« rief Ferdie empört.

»Sollen wir jemand benachrichtigen, daß Sie verhaftet worden sind? Sie werden wahrscheinlich drei Tage hierbleiben müssen.«

»Ein Wort einer Frau könnte mich retten«, erwiderte Ferdie gebrochen. »Aber ich bin viel zu stolz, als daß ich sie darum bitte.«

Der Gefangenenwärter erschien in der Tür.

Ferdies Taschen wurden durchsucht; es kamen eine Brieftasche mit vielen Banknoten, ein goldenes Zigarettenetui und verschiedene andere Kleinigkeiten aus Gold oder Silber zum Vorschein.

»Na, da haben Sie ja heute einen guten Tag gehabt. Wo haben Sie denn all das Zeug zusammengeklaut?« fragte der Sergeant. »Zelle 6, Wilkins . . .«

Die Tür fiel nicht dröhnend zu – sie quietschte nur.

In der Familie Revel war es Sitte, daß am ersten Feiertag nach dem Abendessen die Geschenke verteilt wurden. Dann waren alle Geber zugegen, so daß man ihnen danken konnte, enthusiastisch – oder nur einfach und schlicht. Der Hausherr, George

Palliter Revel, war Mitglied des Parlaments. Er zahlte für alles, und er würdigte auch alles. Lettice Giovanna Revel war seine Tochter; sie gab nur die Anordnungen und sagte, wer zum Abendessen eingeladen werden sollte und wer nicht. Allgemein war sie beliebt; es gab sogar junge Leute, die sie andichteten, auch wenn sie das Dichten nicht verstanden. Sie hatte einen schnellen und eleganten Sportwagen, einen Foxterrier und außerdem eine Fotografie von Douglas Fairbanks mit eigenhändiger Unterschrift. Die hatte sie in Gold rahmen lassen, denn sie liebte die starken Männer, die Charakter hatten und nicht zuviel sprachen, Helden, die junge Damen auf ihre kräftigen Arme nahmen und mit ihnen durch hochgewölbte Buchenwälder schritten. Ferdie hatte sie zwar noch niemals so getragen, höchstens in übertragenem Sinn. Sie liebte ihn, wie eine Mutter ihr hilfsloses Kind liebt.

Beim Abendessen sagte sie das auch.

»Ferdie ist nicht hier, Papa, weil ich ihm gesagt habe, er möchte nicht kommen.«

»Aber, mein Liebling, ich dachte, daß ihr beide . . .«

Sie lächelte nachsichtig.

»Es war nur eine Jugendfreundschaft.«

Mr. Revel rieb sich das linke Ohr.

»Wie alt bist du jetzt, Letty?«

»Etwas über neunzehn und eine erwachsene junge Dame. Manchmal vergißt du das, Papa. Meine Zuneigung zu Ferdie ist rein mütterlich.«

»Ach so«, erwiderte Mr. Revel milde.

Er hatte sogar einmal einen Ministerposten bekleidet, weil alle Leute ihn für freundlich und gut hielten.

»Ja, und nun die Geschenke«, sagte Mr. Revel dann.

Poggy Bannett wurde melancholisch und traurig.

»Letty, Sie wissen ja, warum mein Geschenk nicht hier ist. Dieser verdammte Einbrecher hat es doch gestohlen. Ich war schon den halben Tag auf der Polizeistation, um den gestohlenen Gegenstand zu identifizieren, aber sie haben nicht gestattet, daß ich ihn herbringen konnte.«

»Ach, Poggy, das war wirklich nett von Ihnen, aber es wäre mir viel lieber gewesen, wenn Sie mir eine Ihrer herrlichen Kompositionen mit einer persönlichen Widmung überreicht hätten. Ich kann eigentlich diese kostbaren Weihnachtsgeschenke nicht leiden, sie sind so . . . Nun, Sie verstehen mich schon.«

Poggy nickte. Er hatte ein hageres Gesicht und eine scharfe Adlernase.

»Von Ferdie kann man natürlich nichts erwarten, der dürfte es auch gar nicht wagen –«

Dann fiel ihr Blick auf seinen Briefumschlag, und sie runzelte die Stirn.

»Wenn er mir die Pfeife zurückgeschickt hat, die ich ihm zum letzten Weihnachtsfest schenkte, dann soll er etwas erleben!“ Sie riß das Papier auf und holte tief Atem. »Ach, wie wundervoll! Aber das hätte er doch nicht tun sollen! Das sieht ihm wieder ganz ähnlich, Papa. Er hat einen so feinen Geschmack!«

Mr. Revel sah auf das kleine Preisschildchen, das Ferdie nicht abgenommen hatte, und rechnete dann schnell aus, wieviel zehn Prozent von fünfundneunzig Pfund ausmachten.

»Um Himmels willen!«

Poggy sah, daß ihre Lippen bleich wurden. Ohne noch ein Wort zu sagen, schob sie ihm den Brief zu.

»Ach, das ist doch alles Blödsinn«, sagte Poggy brutal. »Der hat sich doch nur, dem geht es gut. Denken Sie nur ja nicht ... Ach, das ist ja zum Lachen! Solche Witze hat er früher auch schon gemacht.«

»Wenn Ferdie sagt, daß er etwas tun will, dann tut er es auch«, erklärte sie bestimmt.

»Was sagst du, mein Liebling?«

Mr. Revel setzte den Klemmer gerade auf.

»Ferdie hat vielleicht Selbstmord verübt!« sagte sie atemlos.

»Aber das wäre ja furchtbar«, entgegnete Mr. Revel und nahm den Klemmer wieder ab. Er fragte nicht weiter; schon den ganzen Tag hatte er das Gefühl gehabt, daß es einen interessanten Abend geben würde.

»Ach, Quatsch!« rief Poggy erregt. »Und was fällt dem Jungen ein, meine Verse abzuschreiben! Wo werde ich ruhn in dieser Nacht! Das ist ja direkt ein Plagiat!«

Letty holte tief Atem. Ja, es gab noch ritterliche Charaktere!

»Wo mag er jetzt nur sein?«

Der Autor von »Wo werde ich ruhn in dieser Nacht?« lächelte verächtlich.

»Ich weiß einen neuen Witz«, begann er dann. »Ein Südamerikaner fragt einmal einen Iren –«

»Ach, lassen Sie doch Ihre dummen Witze, die Sie aus Ulkblättern ausschneiden«, erwiderte sie eisig. »Ich habe sie etwas ganz anderes gefragt.«

»Sie haben mich gefragt, wo er ist«, entgegnete der Komponist etwas beleidigt. »Das kann ich Ihnen leicht sagen. Der sitzt in seiner Wohnung und spielt die gekränkte Leberwurst. Ich gehe die höchste Wette darauf ein. Es ist eigentlich ein Skandal, daß er alle Leute so in Aufregung bringt.«

Erregt erhob er sich.

»Ich gehe hin und hole ihn! Mit meinen bloßen Händen werde ich ihn aus seinem Versteck herauszerren! Mir kann er nichts vormachen. Mein Freund Cruthers hat eine Wohnung in derselben Etage. Warten Sie nur, ich werde bald mit ihm zurückkommen.«

Damit eilte er aus dem Zimmer. Mr. Revel hatte nicht recht zugehört und fuhr aus seinen Träumen auf.

»Ja, und dann wird noch eine Totenschau abgehalten werden müssen«, sagte er und schaute zur Decke hinauf. »Nur ein Glück, daß ich nicht als Zeuge auftreten muß.«

Sie sah ihren Vater schmerzlich an.

»Aber Papa, wie kannst du so etwas sagen! Ferdie war so bescheiden, niemand hat er sich aufgedrängt. Der würde doch niemals zugeben, daß man dich mit dergleichen belästigt!«

Mr. Cruthers, Poggys guter Freund und Schulkamerad, kleidete sich gerade zum Abendessen um, als ihm Poggy gemeldet wurde. Für gewöhnlich stand er früh auf, aber heute war kein Rennen, und es erschienen auch keine Zeitungen. Infolgedessen gab es auch keinen Skandal in der Welt, und Mr. Cruthers hatte ruhig und bequem bis sieben Uhr abends durchgeschlafen.

»Nein, Ferdie habe ich nicht gesehen. Sein Diener sagte mir, daß er verreist sei. Seit gestern abend hat man ihn nicht mehr gesehen.«

»Und das glaubst du? Der sitzt doch nur zu Hause und brummt. Seine einzige Beschäftigung ist ja, daß er übelnimmt. Ich habe an seine Tür geklopft, aber er hat nicht einmal geantwortet. Selbstverständlich wird er sich hüten, mir die Wohnungstür aufzumachen, aber ich werde dir etwas sagen. Ich steige aus deinem Fenster, klettere die Feuerleiter entlang und überzeuge mich einmal persönlich.«

»Also, mach das Fenster jetzt nicht auf, das zieht – und ich ziehe mir gerade die Unterhosen an. Du wirst doch wohl so lange warten können. Ich erkälte mich sonst.«

Poggy setzte sich mit verschränkten Armen auf einen Stuhl und machte ein Gesicht wie Napoleon in der Schlacht bei Austerlitz.

»Ich kann natürlich warten«, erklärte er stolz.

Erst als sein Freund beinahe angekleidet war, öffnete er das Fenster und kletterte an der Feuerleiter entlang. Das Fenster zu Ferdies Schlafzimmer stand oben offen. Schnell stieg er auf die äußerste Fensterbank, faßte mit dem Arm hindurch und öffnete den unteren Flügel von innen.

»Ferdie, mein Junge!« rief er. »Mit deinem Trotzkopf kommst du bei uns nicht durch. Also komm, mein Liebling. Mach keine faulen Witze!«

Tiefes Schweigen herrschte in der Wohnung. Er drehte das Licht an und fand das Schlafzimmer in Ordnung. Er öffnete die Schränke, aber auch hier hatte sich Ferdie nicht versteckt.

Das Speisezimmer war aufgeräumt. Ferdies Pantoffeln standen vor dem Kamin, auf dem Tisch lag ein ganzer Stapel von Briefschaften aufgehäuft, wie das zu Weihnachten üblich ist. Poggy ging ins Arbeitszimmer, wo Ferdie immer die Sportberichte las. Auch im Bad war er nicht – nun blieben nur noch der Hängeboden, das Dienerzimmer und die Speisekammer übrig, aber die waren ebenso leer wie die Küche.

Auf dem Kamin im Speisezimmer stand die Fotografie einer Dame von etwas über neunzehn Jahren und darunter eine Widmung geschrieben. Poggy las sie, und die Haare standen ihm zu Berge, denn die Widmung war durchaus nicht mütterlich. Und nun fühlte er sich getäuscht und verraten, denn eine junge Dame, die auf eine Fotografie schreibt: »Dein für ewig, mein Liebster«, hatte sonderbare Ansichten über mütterliche Liebe. Böse packte er das Bild. Er wollte es mitnehmen und es ihr direkt unter die Nase halten. Auf keinen Fall durfte es Ferdie behalten, der war dieses Geschenks nicht würdig. Außerdem war die Ewigkeit auf dem Bild doch jetzt ausgeträumt.

Er drehte das Licht sorgfältig überall wieder aus, öffnete das Fenster und kletterte hinaus. Als er an Mr. Cruthers' Fenster kam, war das Licht dort auch gelöscht und das Fenster fest geschlossen. Sein Freund hatte wahrscheinlich angenommen, daß Poggy Ferdies Räume durch die Wohnungstür verlassen würde.

Einen Augenblick überlegte Poggy. Schließlich konnte er die

Feuerleiter gebrauchen. Kurz entschlossen kletterte er hinunter und sprang dann die letzten beiden Meter auf den Hof. Ein interessierter Zuschauer trat aus der Dunkelheit.

»Frohes Fest«, sagte der Fremde. »Wollen Sie einen kleinen Spaziergang mit mir machen?«

»Nein, fällt mir gar nicht ein. Ich kenne Sie nicht, und ich will Sie auch nicht kennenlernen. Guten Abend.«

Der Mann packte ihn am Arm.

»Ich bin Sergeant M'Neill von Scotland Yard und verhafte Sie wegen Einbruchs und unbefugten Eindringens in fremde Wohnungen.«

Geistesgegenwärtig zog Poggy die gerahmte Fotografie aus der Tasche und ließ sie auf den Boden fallen.

»Danke«, sagte M'Neil. »Da haben wir ja den Beweis.« Er bückte sich und hob das Bild vom Boden auf. »Sie sammeln wohl Kunstschätze? Ich habe Sie schon zwei Stunden lang beobachtet. Wo ist denn Ihr Freund Ike? Ich habe ihn seit Jahren nicht gesehen.«

Auf der Station wieder dasselbe Verhör:

»Smith«, sagte Poggy etwas bleich, aber entschlossen. Die Sache mit der Fotografie war allerdings fatal, hatte aber ein Gutes. Sergeant M'Neill, der ihn die ganzen Vormittag dadurch geärgert hatte, daß er die Diamant- und Smaragdbrosche mit dem Klavier identifizieren sollte, hatte ihn glücklicherweise nicht erkannt. Und der Sergeant vom Dienst war inzwischen abgelöst worden.

»Vorname John oder William?«

»Haydn«, erwiderte Poggy, denn er war musikalisch.

Der Gefängniswärter untersuchte seine Taschen und zählte Stück für Stück auf, was er bei ihm fand. Poggy riß sich zusammen.

»Schließlich können Sie es ruhig wissen«, sagte er dann. »Mein Name ist Bannett, und ich bin der Komponist des herrlichen Liedes ›Wer weiß, wo ich ruhn werde in dieser Nacht‹.«

»Zelle sechs!« erklärte der Stationssergeant.

Ferdie hörte, wie sich der Schlüssel im Schloß drehte. Dann öffnete sich die Tür.

Interessiert richtete er sich auf, und Poggy sackte zusammen, als er ihn sah.

»Ferdie ...! Sie hier!«

Ferdie war nicht weiter erstaunt.

»Setzen Sie sich ruhig hin, Poggy. Das ist ja zum Totlachen. Warum sind Sie denn verhaftet worden? Haben Sie jemand umgebracht?«

»Das ist heute der zweite Fall«, sagte der Richter erregt und ärgerlich. »Und auch diesmal ist der Bestohlene seiner Pflicht nicht nachgekommen und vor Gericht erschienen, um sein Eigentum zu identifizieren. Weder Mr. Stevington noch Mr. Bannett haben es für nötig gehalten, das Gesetz und die Polizei zu unterstützen. Den anderen habe ich auf ein Monat ins Gefängnis geschickt, und Sie bekommen auch einen Monat. Und ich warne Sie ...«

Einen Monat später wurden beide am selben Morgen aus dem Gefängnis von Pentonville entlassen. Ferdie kam zuerst heraus, und im Laufschritt eilte er zu dem einzigen Auto, das weit und breit zu sehen war. Und als sich Poggy später bei Letty melden ließ, erhielt er die Antwort, daß sie im Augenblick nicht zu sprechen sei. Über eine Stunde wartete er im Vorsaal, und sie war immer noch nicht zu sprechen. Der Diener sagte mitleidig, es würde wohl auch noch eine ganze Weile dauern, er solle sich noch etwas gedulden.

Inzwischen ruhte Lettys goldener Lockenkopf an Ferdies Schulter.

»Erzähle doch weiter, es ist so interessant«, flüsterte sie und sah gespannt zu ihm auf.

»Und zwei Abend später kam ich in Konstantinopel an. Die Welt war grau, und die Verzweiflung zerriß mir das Herz. Ich wußte, daß ich die verloren hatte; Sonne und Licht meines Lebens waren erloschen. Das Dasein hatte keinen Zweck und keinen Sinn mehr für mich. Sollte ich nun in die Wüste eilen und dort unter den sengenden Strahlen der unbarmherzigen Sonne in Durstesqualen sterben?«

»Hättest du mir doch nur ein Telegramm geschickt!« erwiderte sie atemlos. »Als Poggy nicht zurückkam, wußte ich, daß er es nicht wagte, dir unter die Augen zu treten. Ach, mein guter Junge, bist du wirklich in die Wüste gegangen? Ich habe ja nicht im Traum daran gedacht, daß du dir tatsächlich das Leben nehmen wolltest. Aber nun gib mir ein Versprechen. Du darfst nie wieder fortgehen, ich könnte es nicht ertragen. Woher kommst du denn jetzt?«

»Aus Pentonvillia – das ist eine Vorstadt von Rom«, entgegnete Ferdie. »Ja, wie ich sagte, in meiner Verzweiflung wollte ich unter die Derwische gehen ...«

»Glauben Sie, daß es noch Zweck hat?« fragte Poggy den Diener.

Der Diener meinte es ehrlich und schüttelte den Kopf.

Die Rücklehne des Sofas im Wohnzimmer befand sich gerade dem Schlüsselloch gegenüber.

Goldmann Verlag München

Arelo Sederberg
Terror in Las Vegas

Das New Century-Hotel in Las Vegas steht kurz vor der Eröffnung, als Kidnapper den Sohn des Hotelchefs Jim Carpenter entführen. Ein anonymer Anrufer verlangt, daß man einen seiner Freunde im Spielkasino des Hotels hoch gewinnen läßt. Carpenter versucht, die Affäre mit Hilfe seines Sicherheitschefs zu klären. Doch dann hat er allen Anlaß zu der Vermutung, daß die Mafia hinter der Entführung steht ...

Thriller. (4707)
Deutsche Erstveröffentlichung

John Newton Chance
Das Schattenschloß

Es stand an der Südküste Englands, auf einer Klippe hoch über dem Meer, und wurde jahrhundertelang von Piraten, Schmugglern und Wracksuchern bewohnt. Hier konnte man leben, ohne daß es jemand erfuhr. Und verschwinden, ohne daß es jemand merkte.
Jonathan Blake, der Privatdetektiv und Spezialagent, verschaffte sich Zugang, um das rätselhafte Verschwinden zweier Kollegen zu klären. Aber ihm selbst drohte bald ein ähnliches Schicksal in dem düsteren Labyrinth von Tregarrok ...

Rote Krimi. (4701)
Deutsche Erstveröffentlichung

Goldmann Verlag München

Poul Anderson
Der Zweiwelten-Krieg

Eine Chronik der Kriegsfolgen nach der Auseinandersetzung zwischen Erde und Mars – Konsequenzen, die weit über den Einflußbereich der beiden Planeten hinausreichen.

Die klassische Science Fiction erreicht mit dem Werk von Poul Anderson, dem dreifachen „Hugo"-Preisträger und doppelten „Nebula Award"-Gewinner, einen Höhepunkt!

Science Fiction-Roman. (23263)
Deutsche Erstveröffentlichung

Lin Carter
Thongor am Ende der Zeit

Und Größe und Schönheit wurde Patanga, der Stadt der Flamme, nachdem die Stadt Zaar und die Zauberer besiegt und vernichtet waren, und sechs stolze Städte standen unter dem schwarzgoldenen Banner von Thongor, dem Mächtigen, und die Götter waren zufrieden . . .
Doch das Schicksal, das selbst über Götter triumphiert, bereitete Thongor den Untergang, und der Tod öffnete seinen Rachen, um Thongors unbesiegbaren Geist zu verschlingen . . .

Fantasy-Roman. (23265)
Deutsche Erstveröffentlichung

Goldmann Verlag München

Das Buch zeigt den Militärapparat und den schäbigen Kampf um kleine Vorteile, und das Leiden inmitten der Ziellosigkeit und Sinnlosigkeit des Krieges.

New York Times

Obgleich es mit bemerkenswerter Zurückhaltung und mit sehr viel satirischem Humor geschrieben ist, bedeutet 08/15 eine furchtbare Anklage gegen den Militarismus. Die Hauptcharaktere sind virtuos gezeichnet, der Dialog ist lebendig und die oft verblüffenden Situationen werden meisterhaft gestaltet.

German Book News

Kirst will zeigen, daß die entscheidende Schuld im überlebten Drillsystem liegt. Die abenteuerliche Revolte gegen die Schinder wird nur dadurch möglich, daß der Gefreite Asch, dieser geborene Skeptiker, gerade die Mängel dieses hirnlosen Systems weidlich ausnutzt.

Frankfurter Rundschau

Weiterhin erschienen bei Goldmann folgende Titel:

Glück läßt sich nicht kaufen.
Roman. (2321)

Die Nacht der Generale.
Roman. (3538)
(April 1978)

08/15 heute. Der Roman der Bundeswehr.
Roman. (1345)